강 동쪽의 기담

이 도서의 국립중앙도서관 출판시도서목록(CIP)은 서지정보유통지원시스템 홈페이지(http://seoji.nl.go.kr)와
국가자료공동목록시스템(http://www.nl.go.kr/kolisnet)에서 이용하실 수 있습니다.
(CIP제어번호: CIP2014035649)

세계문학전집
124

永井荷風：濹東綺譚

강 동쪽의 기담

나가이 가후 소설

정병호 옮김

문학동네

일러두기

1. 번역 대본으로는 『荷風全集』(岩波書店, 1993)을 사용했다.
2. 주석은 모두 옮긴이주이다.
3. 독자의 이해를 돕기 위해 작품 안에 등장하는 연호를 서력으로 표기했다.

차례

강 동쪽의 기담 7
스미다 강 115
불꽃 177

해설 | 에도 문화에 탐닉한 반시대적 문명비평가 191
나가이 가후 연보 203

강 동쪽의 기담

1

나는 활동사진을 보러 간 적이 거의 없다.

희미한 기억을 더듬어보면 소년 시절, 1891~1892년 무렵이었을 것이다. 간다 니시키초에 있었던 대여 회관 긴키칸*에서 샌프란시스코 시내 광경을 찍은 것을 본 적이 있었다. 활동사진이라는 말이 생긴 것도 아마 그 무렵이었을 것이다. 그로부터 사십여 년이 지난 오늘날, 활동이라는 말은 이미 한물가 다른 말로 바뀐 듯하지만 나는 처음 들은 말이 여전히 입버릇처럼 붙어 있어 옛날의 폐어廢語를 여기서 그대로 사용하려 한다.

간토 대지진 후 우리집에 놀러온 한 청년 작가가 시대의 흐름에 뒤

---

* 1891년에 개업한 영화관. 처음에는 집회 장소 등으로 대여해주던 회관이었다.

떨어진다며 나를 아카사카 다메이케에 있는 활동사진관에 억지로 데리고 간 적이 있다. 어쨌든 그 무렵에는 평판이 아주 좋다고 들었는데 막상 보고 나니 모파상의 단편소설을 각색한 것이어서, 이런 거라면 사진으로 볼 필요가 없다, 원작을 읽으면 된다, 그러는 편이 훨씬 재미있다고 말한 적이 있었다.

그러나 요즘 사람들은 노소 구별 없이 기꺼이 활동사진을 보고 일상적인 화젯거리로 삼고 있으니, 하다못해 사람들이 무슨 이야기를 하는지 정도는 알아둬야겠다는 생각에, 나는 활동사진관 앞을 지나갈 때면 되도록 간판 그림과 제목을 봐두려고 유의한다. 간판만 한번 흘낏 보면 활동사진을 보지 않아도 이야기의 줄거리를 그려볼 수 있고 사람들이 어떤 장면을 좋아하는지도 알 수 있다.

활동사진 간판을 한 번에 가장 많이 볼 수 있는 곳은 아사쿠사 공원이다. 이곳에 오면 모든 종류를 한눈에 볼 수 있고 당연히 뛰어난 것과 서투른 것을 비교할 수도 있다. 나는 시타야 아사쿠사 방면으로 나갈 때는 늘 일부러 공원에 들어가 지팡이를 짚고 연못가를 걷는다.

저녁 바람도 점점 차갑지 않게 느껴지던 어느 날이었다. 건물 입구에 걸린 간판을 하나하나 다 보고 공원 변두리에서 센조쿠마치로 나왔다. 오른쪽은 고토토이 다리이고 왼쪽은 이리야마치, 어느 쪽으로 갈까 생각하면서 걸어가는데 낡은 양복을 입은 마흔 살 정도의 남자가 갑자기 옆에서 나타나 말을 걸었다.

"나리, 소개해드리죠. 어떻습니까?"

"고맙지만 됐어." 나는 조금 서둘러 걸었다.

"절호의 기회예요. 엽기적이에요. 나리." 남자가 말하며 뒤따라온다.

"필요 없네. 요시와라*로 갈 걸세."

유객꾼인지 겐지**인지 잘 모르겠지만 어쨌든 이상한 호객꾼을 쫓아버리기 위해 나는 요시와라로 갈 거라고 입에서 나오는 대로 말했는데, 오히려 그 덕분에 목적지도 없이 나온 산책의 방향이 정해졌다. 걸어가는 동안 둑 아래쪽 뒷골목에 아는 고서점이 하나 있다는 걸 생각해냈다.

고서점은 산야보리***의 물줄기가 지하 속도랑으로 이어지는 부근, 유곽의 대문 앞 니혼즈쓰미 다리 옆으로 난 어둑한 뒷골목에 있다. 산야보리 물길을 따라 난 뒷골목은 한쪽으로 집이 늘어선 거리인데, 맞은편 기슭에는 돌벽 위에 늘어선 인가들이 등을 지고 서 있고 이쪽 편에는 토관土管, 토산 기와, 강 흙, 목재 등을 파는 도매상이 인가들 사이사이 조금 넓게 자리잡고 있다. 그렇지만 수로의 폭이 좁아질수록 점차 초라한 작은 집들이 많아지고, 밤에는 수로에 가설된 쇼호지 다리, 산야 다리, 지카타 다리, 가미아라이 다리의 등불이 희미하게 길을 비출 뿐이다. 수로도 널다리도 없는 곳까지 오면 사람의 왕래도 끊어진다. 이 주변에서 비교적 밤늦게까지 등불을 켜놓고 있는 집은 저 고서점과 담배를 파는 잡화점 정도일 것이다.

나는 고서점의 이름은 모르지만 가게에 쌓여 있는 물품은 대략 알고 있다. 창간 당시의 『분게이文芸구락부』나 오래된 〈야마토 신문〉의

---

* 에도 시대에 만들어진 공인 유곽.

** 거리에서 손님을 끌어 매춘을 알선하는 호객꾼 또는 부당한 요금을 요구하는 운전수를 일컫는 은어.

*** 스미다 강에서 이마도 다리 밑을 지나 유곽 밀집 지역이었던 산야로 통하는 수로.

야담 부록이라면 뜻밖의 진귀한 물건으로 여겨야 한다. 그러나 내가 일부러 길을 빙 돌면서까지 이 가게를 방문하는 것은 고서 때문이 아니라 고서를 파는 주인의 인품과 유곽 밖 뒷골목의 정취 때문이다.

주인은 머리를 깨끗하게 삭발한 자그마한 몸집의 노인이다. 나이는 물론 예순이 넘었다. 얼굴 생김새, 태도, 말투에서 옷맵시에 이르기까지, 순수한 도쿄 시타마치*의 풍속이 흐트러지지 않고 그대로 남아 있는 것이 내 눈에는 희귀한 고서보다도 더 소중하고 정답게 보인다. 간토 대지진 무렵까지는 연극이나 요세** 공연장의 분장실에 가면 그런 에도 시타마치 출신의 노인을 한두 명 만날 수 있었다. 예를 들면 오토와야***의 머슴 도메 할아범이라든가, 다카시마야****에서 부리던 이치조 노인 같은 사람들인데 지금은 모두 저승에 가버렸다.

내가 가게 유리문을 열고 들어설 때면 언제나 고서점 주인이 칸막이 문 옆에 단정히 앉아 둥근 등을 바깥쪽으로 약간 비스듬하게 돌린 채 코끝으로 흘러내리는 안경에 의지하여 뭔가를 읽고 있다. 내가 가는 시간도 대개 밤 일고여덟시로 정해져 있지만 그때마다 보게 되는 노인이 앉은 장소와 모습도 거의 정해져 있다. 문이 열리는 소리에 웅크린 채 고개만 불쑥 이쪽으로 돌리고서, "어, 어서 오십시오" 하며 안경을 벗고 엉거주춤한 자세로 방석을 탁탁 쳐 먼지를 떨고는 기는 모양새로 펴서 깔며 정중하게 인사한다. 그 말투나 모습도 판에 박은

* 상인들이나 직인들이 많이 사는 서민 지역.
** 만담, 야담, 마술 등을 공연하는 대중 극장.
*** 가부키 배우 집안인 오노에 가문의 이름.
**** 가부키 배우 집안인 이치카와 가문의 이름.

듯 변함이 없다.

"전과 다름없이 보여드릴 만한 게 아무것도 없습니다. 아, 『호단잣시芳譚雑誌』가 있어요. 전권은 아니지만."

"다메나가 슌코의 잡지요?"

"예. 창간호가 있으니 자, 보여드릴 수 있습니다. 가만, 어디에 뒀더라." 주인이 문지방 옆에 겹겹이 쌓아놓은 고서 사이에서 합본 대여섯 권을 꺼내 양손으로 먼지를 탁탁 떨어 내밀기에 받아들었다.

"1879년 등록이라고 적혀 있네요. 이때 잡지를 읽으면 생명이 연장되는 듯한 느낌이 들어요. 『로분친포魯文珍報』도 전권이 다 있다면 갖고 싶은데."

"가끔 나오기는 하지만 대개 낱권들이어서요. 나리, 『가게쓰신시花月新誌』는 갖고 계신가요?"

"가지고 있습니다."

유리문 여는 소리가 나서 주인과 함께 돌아보니 역시 예순 정도 먹은 남자다. 볼이 야위고 궁상맞은 대머리 남자가 더러운 줄무늬 보자기 꾸러미를 가게 앞에 진열된 고서 위에 내려놓으면서 말했다.

"망할 놈의 자동차. 오늘은 하마터면 죽을 뻔했네."

"편리하고 값싸니 그런 단점 정도야 있기 마련이지. 그런데 어디 다친 데는 없나?"

"부적이 깨진 덕분에 무사했네. 앞서가던 버스와 엔타쿠*가 충돌했어. 생각만 해도 오싹해지는군. 실은 오늘 하토가야 시장에 갔다가 묘

* 1924년부터 1엔 균일 요금으로 운행한 택시.

한 물건을 샀어. 옛 물건은 정말 좋아. 당장 팔 데는 없지만 보고만 있어도 흥이 돋거든."

대머리는 보자기 꾸러미를 풀고 여성용인 듯한 자잘한 무늬의 홑옷과 몸통 부분에 다른 천을 댄 나가주반*을 꺼내 보였다. 홑옷은 쥐색 바탕에 짜임이 오글오글한 비단 원단이, 천을 덧댄 옷은 화려한 무늬가 염색된 소매 부분이 약간 특이하기는 했지만 모두 메이지유신 전후 물건인 듯, 특별히 골동품이라 할 정도는 아니었다.

그러나 붓으로 직접 그린 우키요에**를 표구하거나 최근 유행에 맞춰 문갑 안쪽을 덧댄다든가 혹은 구사조시*** 책싸개로 쓰면 의외로 좋을 것 같다는 생각이 들어, 나는 옛날 잡지를 계산하는 김에 몸통 부분에 다른 천을 댄 나가주반을 우발적으로 사서, 까까머리 주인이 『호단잣시』 합본과 함께 종이에 싸 만들어준 꾸러미를 감싸 들고 밖으로 나왔다.

니혼즈쓰미를 오가는 승합자동차를 탈 작정으로 한참 동안 대문 앞 정류소에 서 있자니 손님을 찾아 돌아다니는 엔타쿠들이 말을 걸며 귀찮게 해, 나는 아까 왔던 뒷골목으로 돌아가 전차와 엔타쿠가 다니지 않는 어두운 옆길로 걸어가 금세 나무들 사이로 고토토이 다리의 불빛이 보이는 곳으로 나왔다. 강가 쪽 공원은 위험하다고 들었기 때문에 강변까지는 가지 않고 전등이 밝은 좁은 길을 따라 둘러진 쇠사슬 위에 걸터앉았다.

---

* 기모노와 비슷하게 생긴 옷으로, 기모노에 때가 타는 것을 막기 위해 옷 안에 입는다.
** 에도 시대에 성행한, 당대 일상생활이나 풍물 등을 소재로 한 풍속화.
*** 에도 시대 그림을 삽화로 넣은 통속소설.

실은 이쪽으로 오는 도중에 식빵과 통조림을 사서 보자기에 싸두었는데, 옛날 잡지와 헌옷도 함께 싸려고 해보았지만 보자기가 조금 작은지 아무리 해도 딱딱한 것과 부드러운 것을 한데 잘 쌀 수가 없었다. 결국 통조림은 외투 호주머니에 넣고 나머지를 한데 싸는 편이 들기 좋겠다는 생각에 보자기를 잔디에 평평하게 펼치고 이리저리 챙겨보는데 갑자기 뒤쪽 나무 그늘에서 말소리가 들려왔다. "이봐, 뭘 하고 있나?" 허리에 찬 서양식 칼 소리와 함께 순사가 나타나 팔을 길게 뻗어 내 어깨를 붙잡았다.

나는 대답하지 않고 조용히 보자기를 고쳐 묶고는 자리에서 일어났는데, 순사는 그조차 못 기다리겠다는 듯 뒤에서 내 팔꿈치를 밀며 말했다. "저쪽으로 가지."

좁은 공원 길을 지나 고토토이 다리 옆으로 나오자 순사는 대로 건너편에 있는 파출소로 나를 데리고 가더니 보초를 선 순사에게 넘기고 바쁜 듯 다시 어디론가 가버렸다.

파출소 순사는 입구에 선 채로 심문을 시작했다. "이 시간에 어디서 왔나?"

"맞은편에서 왔습니다."

"맞은편이라니 어디 말이지?"

"수로 쪽이요."

"수로라니, 어디?"

"마쓰치야마 기슭에 있는 산야보리."

"이름은 뭔가?"

"오에 다다스大江匡." 순사가 수첩을 꺼냈기 때문에 나는 이어 말했다. "다다스는 상자匚 안에 왕王이라는 글자를 써넣으면 됩니다. '어지러운 천하를 다스려 바로잡는다'는 뜻으로 『논어』에 나오는 글자입니다."

순사는 닥치라는 듯 내 얼굴을 노려보고는 내 외투로 손을 뻗어 갑자기 단추를 풀더니 속을 뒤집어보았다.

"표시가 붙어 있지 않군." 순사는 계속해서 외투 속을 보려고 했다.

"표시라니, 어떤 표시 말입니까?" 나는 보자기 꾸러미를 바닥에 내려놓고 외투와 조끼의 앞섶을 한 번에 펼쳐 보였다.

"주소는?"

"아자부 구 오탄스마치 1번가 6번지."

"직업은?"

"아무 일도 안 합니다."

"무직인가? 몇 살인가?"

"기묘년생입니다."

"몇 살이냐니까."

"1879년 기묘년." 딱 이 말만 하고 입을 다물어버릴까 하다가 뒤탈이 두려워 다시 말했다. "쉰여덟."

"아주 젊은데."

"헤헤, 헤헤."

"이름이 뭐랬지?"

"좀전에 말씀드렸는데요. 오에 다다스."

"가족은 몇 명인가?"

"세 명." 실은 독신이지만 지금까지의 경험으로 보아 사실대로 말하면 더욱 의심을 받는 경향이 있었기 때문에 세 명이라고 대답했다.

"세 명이라면 부인과 또 누가 있나?" 순사 쪽이 좋게 해석해준다.

"마누라와 할망구."

"부인은 몇 살인가?"

조금은 난처했지만 사오 년 전까지 꽤 오랫동안 관계를 가졌던 여자가 생각났다. "서른한 살. 1906년 7월 14일 병오……"

만약 이름을 물으면 내가 쓴 소설에 나오는 여자의 이름을 말하려고 했는데 순사는 아무것도 묻지 않고 외투와 양복 호주머니를 겉에서 누르며 물었다.

"이건 뭔가?"

"파이프와 안경."

"음, 이건?"

"통조림."

"이건 지갑이군. 잠깐 꺼내보게."

"돈이 들어 있어요."

"얼마나?"

"글쎄요. 2, 30엔쯤 될까요."

순사는 지갑을 빼냈지만 속은 살펴보지 않고 전화기가 놓인 탁자 위에 놓은 다음 다시 물었다.

"그 꾸러미는 뭐지? 이쪽으로 들어와서 풀어봐."

보자기 꾸러미를 풀자 종이에 싼 빵과 옛날 잡지까지는 괜찮았는데, 몸통 부분에 다른 천을 댄 요염한 나가주반의 소매 한쪽이 축 늘어지는 순간 순사의 태도와 말투가 갑자기 바뀌었다.

"이봐, 묘한 것을 갖고 있군."

"아니, 하하하……" 나는 웃기 시작했다.

"여자들이 입는 거로군." 순사는 나가주반을 손가락 끝으로 집어 올려 등불에 비추면서 내 얼굴을 노려보았다. "어디서 났지?"

"헌옷 집에서 갖고 왔죠."

"어떻게 갖고 왔지?"

"돈을 주고 샀지요."

"거기가 어디인가?"

"요시와라의 대문 앞."

"얼마에 샀지?"

"3엔 70전."

순사가 나가주반을 탁자 위에 내던지고는 아무 말 없이 내 얼굴을 보고 있었기 때문에 틀림없이 경찰서로 나를 데리고 가 유치장에 집어넣겠구나 하는 생각이 들어, 나는 처음처럼 조롱할 용기도 없이 순사의 모습을 응시했다. 그러자 순사는 여전히 아무 말도 없이 내 지갑을 살펴보기 시작했다. 지갑에는 넣어둔 채 잊고 있던, 접힌 곳이 찢어진 화재보험 임시증서와 무슨 일엔가 필요해서 넣어둔 호적등본과 인감증명서, 그리고 인감도장이 들어 있었다. 순사는 한 장 한 장 조용히 펼쳐 보고 나서 인감도장을 들고 새겨진 글자를 등불에 비춰 보았다. 시간이 꽤 걸렸기 때문에 나는 입구에 선 채 도로 쪽으로 눈을 돌렸다.

도로는 파출소 앞에서 세 갈래로 비스듬히 갈라졌는데 하나는 고즈캇파라, 다른 하나는 시라히게 다리 쪽으로 통하고 있다. 그리고 아사쿠사 공원 뒤의 대로가 그 도로와 교차하여 고토토이 다리로 건너가기 때문에 밤이 되어도 교통량이 상당히 많았지만, 어찌된 일인지 내가 심문받는 것을 이상히 여겨 멈춰 서는 행인은 한 사람도 없었다. 건너편 모퉁이에 있는 셔츠 가게에서 가게 주인의 아내인 듯한 여자와 어린 점원이 이쪽을 보고 있었지만 조금도 이상히 여기지 않고 슬슬 문 닫을 준비를 시작했다.

"이봐, 이제 됐으니 치우게."

"특별히 필요한 것도 아니었어요……" 나는 이렇게 중얼거리며 지갑을 치우고 보자기를 원래대로 다시 쌌다.

"이제 볼일 끝나셨습니까?"

"끝났네."

"고생하셨어요." 나는 궐련 중에서도 금종이를 두른 웨스트민스터에 성냥불을 붙이고 냄새나 맡으라는 듯 연기를 파출소 안으로 내뿜고는 발길 닿는 대로 고토토이 다리 쪽으로 걸었다. 나중에 생각해보니 호적등본과 인감증명서가 없었다면 그날 밤은 틀림없이 유치장 신세를 져야 했을 것이다. 애당초 헌옷이란 어쩐지 기분 나쁜 물건이다. 헌옷인 나가주반이 화근이었던 것이다.

2

'실종'이라고 제목을 붙인 소설의 초안이 잡혔다. 완성만 할 수 있다면 내 생각에도 이 소설은 그다지 졸렬하지는 않을 거라는 자신감이 약간 생겼다.

소설 속 주요 인물은 다네다 준페이. 나이는 쉰 정도로, 사립중학교 영어 교사다.

다네다는 사랑하는 아내를 잃고 삼사 년 지나 미쓰코를 후처로 맞아들였다.

미쓰코는 이름이 널리 알려진 정치가 모씨某氏의 집에 고용되어 부인의 시중을 들다가 주인에게 속아 아이를 갖게 되었다. 주인집에서는 집사 엔도 아무개에게 뒷수습을 하게 했다. 미쓰코가 무사히 출산하면 아이의 양육비로 이십 년간 매달 50엔을 보내겠다, 그 대신 아이의 호적에 대해서는 관여할 수 없다, 또한 미쓰코가 다른 곳에 시집을 갈 경우에는 상당한 지참금을 보낸다는 조건이었다.

미쓰코는 집사 엔도의 집에 맡겨져 남자아이를 낳고 채 육십 일도 안 되어 역시 엔도의 중매로 중학교 영어 교사인 다네다 준페이의 후처가 된다. 그때 미쓰코는 열아홉 살, 다네다는 서른 살이다.

다네다는 사랑하는 아내를 잃은 뒤 박봉으로 생활을 꾸려나가야 하는 앞날에 어떤 희망도 느끼지 못한 채, 중년에 가깝도록 나이만 먹어가며 기력을 잃은 허깨비 같은 인간이 되어 있었다. 하지만 오랜 친구인 엔도의 설득과 권유로 미쓰코 모자의 돈에 문득 마음이 현혹되어 재혼을 한다. 그때 아이는 태어난 지 얼마 안 돼 호적도 없었기 때문에 엔도는 미쓰코 모자를 모두 다네다의 호적에 올린다. 그래서 나중에 호적을 보면 다네다 부부가 오랫동안 내연 관계를 유지하다가 장남이 태어나 비로소 혼인신고를 한 것처럼 보인다.

이 년이 지나 여자아이가 태어났고 이어서 다시 남자아이가 태어났다.

표면상으로는 장남이지만 사실은 미쓰코가 데려온 아이인 다메토시가 성년이 되자, 숨겨진 친아버지가 여러 해 동안 미쓰코에게 보내온 교육비가 끊겼다. 약속된 기한이 끝났을 뿐만 아니라 친아버지가 몇 해 전에 병사했고 그 부인 또한 뒤이어 세상을 떠났기 때문이다.

장녀 요시코와 막내 다메아키가 성장하면서 생활비도 매년 늘어나 다네다는 두어 군데 학교를 같이 나가야 했다.

장남 다메토시는 사립대학 재학중 운동선수가 되어 서양으로 건너갔다. 장녀 요시코는 여학교를 졸업하자마자 활동사진 여배우가 되어 인기를 얻었다.

후처 미쓰코는 결혼 당시에는 귀염성 있는 둥근 얼굴이었지만 어느새 뚱뚱한 늙은이가 되었으며, 니치렌종*에 몰두하여 신도 단체의 위원으로 이름을 올리기까지 했다.

다네다의 집은 마치 어떤 때는 신도들의 회합 장소, 어떤 때는 여배우들의 놀이터, 어떤 때는 운동 연습장 같았다. 얼마나 소란스러웠던지 부엌에서도 쥐가 나오지 않을 정도였다.

다네다는 원래 심약하고 교제를 싫어하는 사람이었기 때문에 나이를 먹어가면서 점점 더 집안의 소란을 참을 수 없게 되었다. 처자식이 좋아하는 일은 모두 다네다가 좋아하지 않는 것들이었다. 다네다는 가족의 일은 애써 마음에 담아두지 않으려고 했다. 자신의 처자식을 차갑게 바라보는 것만이 이 심약한 부친이 그나마 할 수 있는 복수였다.

쉰하나가 된 해 봄에 다네다는 교사직을 잃었다. 퇴직금을 받은 그

* 일본 승려 니치렌(日蓮)을 따르는 일본 불교의 한 종파.

날, 다네다는 집으로 돌아가지 않고 자취를 감춰버렸다.

그보다 전에 다네다는 전차 안에서 자기 집 하녀였던 스미코라는 여자를 우연히 만났는데, 그녀가 아사쿠사 고마카타마치에 있는 카페에서 일한다는 것을 알고 한두 번 찾아가 맥주를 마시고 취한 적이 있었다.

퇴직금을 받아든 그날 밤의 일이다. 다네다는 처음으로 그 여급이 세들어 사는 아파트에 가 사정을 털어놓고 하룻밤을 묵는다……

*

그러고 나서 이야기의 결말을 어떤 식으로 지으면 좋을지, 나는 아직 마음을 정하지 못했다.

가족이 실종 신고를 한다, 형사가 다네다를 붙잡아 훈계를 한다, 예로부터 중년 이후에 배운 도락은 쉽게 그만둘 수 없다고 하니 다네다의 말로는 얼마든지 비참하게 그릴 수 있다.

나는 다네다가 타락해가는 과정과 그때그때의 감정을 계속 생각해본다. 형사에게 잡혀갈 때의 기분, 처자식에게 인도될 때의 당혹스러움과 민망함. 그런 처지가 되면 어떤 기분이 들까? 나는 헌 여자옷을 사서 돌아가던 길에 산야의 뒷골목에서 순사에게 붙잡혀 도로변 파출소에서 엄중하게 신원 조사를 받았다. 이 경험은 다네다의 심리를 묘사하는 데에는 최적의 자료다.

소설을 쓸 때 내가 가장 흥미를 느끼는 부분은 작중인물의 생활 및 사건이 이루어지는 장소를 선택하고 묘사하는 일이다. 인물의 성격보다 배경을 묘사하는 데 과도하게 중점을 두는 오류에 빠진 적도 종종 있었다.

나는 대지진 후 도쿄 시내의 오래된 명승지가 새로 형성된 거리 때문에 옛 모습을 완전히 잃은 세태를 묘사하고 싶어서, 다네다 선생이 숨는 장소를 혼조나 후카가와 혹은 아사쿠사의 변두리, 그도 아니면 그 근처에 있는 옛 군郡에 속하는 지역의 좁고 지저분한 거리로 설정할 생각이었다.

스나무라, 가메이도, 고마쓰가와, 데라지마마치 부근의 사정은 지금까지 이따금 산책을 해왔기 때문에 대체로 잘 안다고 생각했지만 막상 붓을 들려고 하면 갑자기 관찰이 부족하다는 느낌이 든다. 일찍이 1902~1903년 무렵 나는 후카가와의 스사키 유곽의 창기娼妓를 주제로 소설을 쓴 적이 있는데, 그때 그 소설을 읽은 친구로부터 "스사키 유곽의 생활을 묘사하면서 8, 9월경의 폭풍우나 해일을 그리지 않다니 허술하기 짝이 없군. 작가 선생이 다녔던 기노에네루의 시계탑이 바람에 쓰러진 일도 한두 번이 아니었지"라는 말을 들었다. 배경을 자세히 묘사하기 위해서는 계절과 날씨에도 주의하지 않으면 안 된다. 예를 들면 라프카디오 헌* 선생의 명저 『치타』나 『유마』처럼.

6월 말, 어느 저녁이다. 장마는 아직 끝나지 않았지만 하늘은 아침부터 맑게 갰고 해가 길어졌는지 저녁식사를 마쳤는데도 아직 저물지 않았다. 나는 젓가락을 내려놓자마자 곧바로 집에서 나와 멀리 센주든 가메이도든 발길 닿는 대로 가볼 작정으로 우선 전차로 가미나리

---

* 1891년 일본에 귀화한 영국 출신 작가이자 기자. 일본명은 고이즈미 야쿠모.

몬*까지 갔는데, 때마침 그곳에 데라지마 다마노이행 승합자동차가 도착해 있었다.

자동차는 아즈마 다리를 건너 넓은 길에서 좌회전해 겐모리 다리를 건넌 다음 곧바로 아키바 신사 앞을 지나서 다시 한참을 달린 끝에 열차 선로의 건널목에서 멈춰 섰다. 건널목 양쪽에는 엔타쿠며 자전거 여러 대가 차단기를 앞에 두고 느릿느릿 달리는 화물열차가 지나가기를 기다리고 있었는데, 지나다니는 사람은 의외로 적고 가난한 집 아이들이 여기저기 무리를 지어 놀고 있다. 차에서 내려 보니 시라히게 다리에서 가메이도 방향으로 달리는 넓은 길이 십자형으로 교차하고 있다. 공터에는 군데군데 풀이 돋아 있고 나지막한 집들이 늘어서 있어서 어느 길이든 서로 잘 분간되지 않을 만큼 똑같아 보이는데, 그 길이 어디로 이어질지 싶어 왠지 쓸쓸한 느낌이 든다.

나는 다네다 선생이 가족을 버리고 세상을 피하는 장소를 이 근처 뒷골목으로 해두면, 다마노이의 번화가도 가깝기 때문에 정취 있게 결말을 짓기에도 좋을 것이라 생각하여 백여 미터쯤 걸어서 좁은 골목길로 들어가보았다. 옆에 짐을 실으면 자전거도 서로 스쳐지나갈 수 없을 정도로 좁은 길을 대여섯 걸음 지날 때마다, 굽은 길 양쪽으로 비교적 작고 아담한 문이 달린 셋집들이 줄지어 보였다. 일터에서 돌아오는 듯 양복을 입은 남자와 여자가 한두 명씩 앞뒤로 걸어갔다. 놀고 있는 개들을 봐도 허가증이 목걸이에 달려 있고 그다지 지저분하지도 않다. 얼마 걷지 않아 곧 도부 철도 다마노이 역 옆으로 나왔다.

---

* 아사쿠사에 있는 절 센소 사의 바깥문.

선로 양옆에는 수목이 울창한, 커다란 별장 같은 집들이 있었다. 아즈마 다리에서 이곳까지 오는 동안 노목이 울창한 숲은 한 군데도 없었다. 오랫동안 손질이 안 된 듯 온통 기어오른 담쟁이덩굴의 무게 때문에 대숲의 대나무가 낮게 휘어 있고 도랑가 산울타리에는 박꽃이 핀 광경이 아주 풍아하여 나는 발걸음을 멈췄다.

옛날 시라히게 신사 주변이 데라지마 마을이었다는 이야기를 들으면 곧바로 5대째 기쿠고로*의 별장이 떠오르곤 하지만, 오늘 우연히 이곳에서 이런 정원이 남아 있는 것을 보니 어쩐지 지난 시대의 문학적 풍치가 느껴진다.

토지 매매 푯말이 서 있는 넓은 초원이 선로를 따라 철교가 놓인 철롯둑 옆까지 펼쳐져 있다. 작년 무렵까지 게이세이 전차가 왕복하던 선로의 흔적인데, 무너지기 시작한 돌계단 위에 철거된 다마노이 역의 흔적이 잡초에 뒤덮여 있어 여기서 보면 성터 같은 분위기가 난다.

나는 여름철의 무성한 풀을 헤치고 철롯둑에 올라가보았다. 아래로 시야를 가리는 것이 없어서 지금까지 걸어온 길과 공터, 새로 형성된 시가지가 낮게 내려다보이고, 둑 너머로는 함석지붕을 얹은 초라한 집들이 무질서하고 빽빽하게 끝도 없이 늘어서 있고, 그 틈으로 우뚝 솟아 있는 목욕탕 굴뚝 꼭대기에 7, 8일 무렵의 초저녁달이 걸려 있다. 한쪽 하늘에는 저녁놀이 엷게 남아 있지만, 달빛은 벌써 밤이 된 것처럼 반짝거리고 함석지붕 사이로는 네온 불빛과 더불어 라디오 소리가 들려오기 시작한다.

---

* 메이지 시대 가부키의 황금시대를 이루었던 명배우, 5대 오노에 기쿠고로.

나는 발밑이 어두워질 때까지 돌 위에 앉아 있다가, 둑 아래 창들에도 불이 켜져 지저분한 이층 내부가 완전히 들여다보이기에 풀 사이에 남아 있는 사람의 발자취를 따라 철롯둑에서 내려왔다. 그러자 뜻밖에도 다마노이의 번화가를 비스듬히 가로지르는 번화한 뒷골목 한복판에 도착했다. 어지러이 늘어선 상점들 사이사이 골목 어귀에는 '지나갈 수 있습니다' '안전 통로' '게이세이 버스 지름길' 혹은 '오토메가이' '니기와이혼도리'라고 적힌 등불이 켜져 있다.

그 근처를 어지간히 돌아다닌 후에 우체통이 서 있는 골목 어귀의 담뱃가게에서 담배를 사느라 5엔짜리 지폐를 내고 거스름돈을 기다리고 있을 때였다. 하얀 덧옷을 입은 남자가 돌연 "쏟아진다"라고 외치면서 꼬칫집으로 보이는 가게의 포렴 안쪽으로 달려들어가는 것이 보였다. 뒤이어 앞치마를 입은 여자와 그곳을 지나가던 사람들이 허둥지둥 달리기 시작했다. 갑자기 뭐에 홀렸나싶더니 순식간에, 몰아치는 질풍에 갈대발인지 뭔지가 쓰러지는 소리가 나고 휴지와 쓰레기가 귀신처럼 길 위를 헤집고 간다. 이윽고 번개가 날카롭게 번쩍이고 둔탁한 천둥소리가 울려퍼지더니 커다란 빗방울이 뚝뚝 떨어졌다. 그토록 맑던 저녁 날씨가 어느새 변해버린 것이다.

나는 다년간의 습관 덕분에 우산을 들지 않고 문을 나서는 일은 좀처럼 없다. 아무리 날씨가 맑다 해도 그날 역시 장마철이라 우산과 보자기만은 손에 들고 있었다. 그래서 그다지 놀라지도 않고 조용히 우산을 펴고서 그 아래로 하늘과 거리의 모습을 보며 걷기 시작했는데, 느닷없이 뒤에서 "나리, 저기까지 좀 씌워주세요"라며 우산 속으로 새하얀 고개를 집어넣는 여자가 있었다. 기름 냄새로 보아 이제 막 틀어올린 듯한 커다란 쓰부시시마다*에 조금 길게 자른 은색 실을 둘렀다. 방금 지나온 길에 여자 머리를 매만져 묶어주는 가게가 유리문을 활짝 열어두고 있었던 것이 기억났다.

거칠게 불어대는 비바람 탓에 틀어올린 뒷머리에 두른 은색 실이 흐트러지는 것이 애처로워 보여 나는 우산을 내밀며 말했다. "나는 양복이라 젖어도 괜찮아. 빌려주지."

실은 내가 아무리 뻔뻔하다 해도 가게가 줄지어 있는 밝은 등불 아래 여자와 함께 우산을 쓰는 게 조금 꺼림칙했던 것이다.

"죄송합니다. 바로 저기에요." 여자는 우산 자루를 잡고는 다른 손으로 유카타** 자락을 한껏 걷어올렸다.

3

다시 번개가 번쩍하고 천둥이 우르르 치자 여자는 짐짓 "어머나" 하고 외치고는 한발 뒤처져 걸으려는 나의 손을 잡고 "빨리, 빨리요" 라며 벌써 싹싹하게 군다.

"괜찮으니 먼저 가. 따라갈 테니."

골목길로 들어서자 여자는 골목을 돌 때마다 길을 잃지 않도록 내 쪽을 돌아보며 걷다가, 이윽고 도랑 위로 난 작은 다리를 건너 처마마다 갈대발 차양을 친 집 앞에 멈췄다.

* 뒤를 낮게 틀어올린 젊은 여성의 머리 모양.

** 여름철에 허리띠를 두르고 입는 긴 무명옷.

"어머나, 선생님, 흠빽 젖어버리셨네요." 여자는 우산을 접고, 자기 옷보다도 먼저 내 옷에 묻은 물방울을 손바닥으로 떨어낸다.

"이곳이 아가씨 집인가?"

"닦아드릴 테니 들렀다 가세요."

"양복이라 괜찮아."

"닦아드린대도요. 저도 사례를 하고 싶어요."

"어떤 사례?"

"그러니까, 자 들어오세요."

천둥소리는 조금 멀어졌지만 비는 오히려 돌팔매질하듯 한층 더 세차게 쏟아졌다. 처마 끝에 친 차양 밑에 있어도 세찬 물방울이 튀어 올라, 나는 이러니저러니 할 겨를도 없이 집안으로 들어갔다.

조잡한 오사카 격자문이 서 있는 칸막이 쪽에는 방울이 달린 리본 끈 발이 드리워져 있다. 내가 그 아래 마루 끝에 걸터앉아 신발을 벗는 동안 여자는 걸레로 발을 닦고는 걷어올린 옷자락은 내리지도 않은 채 객실의 전등 스위치를 켰다.

"아무도 없으니까, 들어오세요."

"아가씨 혼자인가?"

"네. 어젯밤까지는 한 사람 더 있었는데 다른 집으로 옮겼어요."

"아가씨가 주인이야?"

"아뇨. 주인은 다른 집에 있어요. 다마노이칸이라는 요세 있잖아요? 그 뒤에 주택이 있거든요. 매일 밤 열두시가 되면 장부를 보러 오죠."

"그럼 속 편하겠군." 나는 권하는 대로 화로 옆에 한쪽 무릎을 세우고 앉아 차를 끓이는 여자의 모습을 바라보았다.

나이는 스물너덧 정도 되어 보인다. 꽤 빼어난 용모다. 콧날이 오뚝한 둥근 얼굴은 화장 때문에 윤기를 잃었으나, 틀어올린 머리 밑 목덜미에 난 솜털은 아직 그대로다. 눈동자가 큰, 검고 아름다운 눈도 맑고, 입술이나 잇몸 색을 보면 아직 건강이 그다지 상하지 않은 듯 보인다.

"이 주변은 우물물을 쓰나, 수돗물을 쓰나?" 나는 차를 마시기 전에 아무렇지도 않게 물었다. 우물물이라고 하면 차를 마시는 척만 하고 그대로 둘 생각이었다.

나는 성병보다 오히려 티푸스 같은 급격한 전염병이 두렵다. 육체보다도 정신이 먼저 피폐해졌기 때문에 성병처럼 병세가 완만한 병이라면 노후를 맞이한 지금 그다지 걱정되지 않는다.

"세수라도 하시게요? 수도라면 저기 있어요." 여자는 말투가 매우 소탈하다.

"음, 나중에 해도 괜찮아."

"상의라도 벗으세요. 정말 많이 젖었네요."

"엄청 내리는군."

"나는 천둥보다 번쩍하는 게 더 싫어요. 이래서는 목욕탕에 갈 수도 없겠네. 선생님, 잠깐 괜찮으시죠? 저 세수만이라도 하고 화장 좀 끝내고 올게요."

여자는 입을 비쭉하더니 품속에서 종이를 꺼내 이마의 기름을 닦으면서 칸막이 바깥쪽 벽에 설치된 세면기 앞에 섰다. 리본 발 너머로 웃통을 벗고 몸을 숙여 세수를 하는 모습이 보인다. 피부는 얼굴보다 훨씬 희고 가슴 모양으로 보아 아직 아이를 가진 적은 없는 듯하다.

"이러고 있으니 왠지 서방이 된 기분이군. 장롱도 있고 찬장도 있고……"

"열어보세요. 고구마 같은 게 있을 거예요."

"잘 정돈돼 있네. 감탄할 만하군. 화로 속도 그렇고."

"매일 아침 청소만큼은 제대로 해요. 이런 곳에 있지만 살림은 잘 한답니다."

"오래 있었나?"

"아직 일 년 남짓……"

"이 동네가 처음은 아니겠지? 게이샤라도 했었나?"

물을 새로 받는 통에 내 말이 들리지 않는지, 혹은 들리지 않는 척하는지, 여자는 아무 대답도 하지 않고 웃통을 벗은 채 경대 앞에 앉아 빗치개로 귀밑머리를 올리고는 어깨부터 분을 바르기 시작한다.

"어디에 나갔었지? 이것만은 숨기지 마."

"그래요……하지만 도쿄는 아니에요."

"도쿄 근방이었나?"

"아뇨. 훨씬 먼 곳……"

"그럼, 만주……?"

"우쓰노미야에 있었어요. 기모노도 모두 그때 거예요. 이만하면 충분하죠?" 여자는 그러면서 일어나 대나무 옷걸이에 걸린, 옷자락에 무늬가 있는 홑옷으로 갈아입고 붉은 격자무늬의 끈을 앞으로 크게 묶었는데, 그 모습이 조금 지나치다 싶은 쓰부시시마다의 은색 실과 조화를 이루어 어쩐지 메이지 시대의 창기처럼 보였다. 여자는 옷깃을 고치면서 내 옆에 앉아 낮은 밥상 위에 놓인 납작한 접시를 집어들었다.

"이것도 인연인데 셈이나 해주세요." 여자는 담배에 불을 붙여 한 개비를 내민다.

이 동네 놀이 방식을 전혀 모르는 것도 아니었기 때문에 여자에게 물었다.

"50전이지, 찻값은?"

"네, 그건 정해진 규칙대로지요." 여자는 웃으면서 손바닥을 거두지 않고 그대로 쭉 내밀고 있다.

"그럼 한 시간으로 하지."

"죄송해요, 정말로."

"그 대신." 나는 여자의 내민 손을 끌어당겨 귓전에 대고 속삭였다.

"몰라요." 여자는 휘둥그레진 눈으로 흘겨보며 "바보"라고 하더니 내 어깨를 때렸다.

다메나가 슌스이의 소설을 읽은 사람은 작가가 글 곳곳에 자기를 변호하는 문장을 끼워넣는다는 사실을 알고 있을 것이다. 첫사랑에 빠진 처녀가 부끄러운 줄도 모르고 사랑하는 남자에게 바싹 달라붙는 듯한 정경을 그릴 때는 그 장면에 그려진 모습과 말투만을 보고 독자가 이 여자를 음탕하다고 단정하면 안 된다. 규방의 여인이라도 심중을 털어놓을 때는 게이샤가 따르지 못할 만큼 요염한 모습을 보일 수 있는 법이다. 또 이미 유곽 생활에 익숙해진 유녀가 어린 시절의 남자를 우연히 만나는 장면을 그릴 때 역시, 화류계 여자라도 그런 때는 처녀처럼 수줍어하며 머뭇거릴 수 있는데 이쪽 경험이 풍부한 사람들은 모두 이를 잘 아는 바이고 작가의 관찰이 부족한 것이 아니니 그런 줄 알고 읽으시라는 등의 문장이 덧붙여져 있다.

나도 슌스이를 따라 군말을 덧붙이기로 한다. 독자는 길에서 처음 만난 여자가 나를 지나치게 친숙한 태도로 대하는 것을 이상하게 여길지도 모른다. 그러나 나는 실제 있었던 만남을 윤색하지 않고 그대로 적었을 뿐이다. 아무런 작의作意도 없다. 소나기와 천둥소리에서 사건이 시작된 것을 보고 작가의 상투적인 필법이라며 비웃는 사람도 있겠지만, 나는 이에 대해 심사숙고했기 때문에 일부러 사건을 다르게 설정하고 싶지 않았다. 소나기가 인도한 이날 밤의 사건이 그야말로 전통적이고 꼭 짜맞춘 듯하다는 점이 내게는 오히려 재미있었고, 실제로 이렇게 써보고 싶어서 이 작품을 쓰기 시작한 것이다.

대체로 이 유흥가에는 여자가 칠팔백 명쯤 된다고 하는데 그중 시마다마게*나 마루마게**를 한 여자는 열 명에 한 명 정도다. 대부분은 여급 흉내를 낸 일본풍 옷이나 댄서 취향의 양장을 입는다. 비를 피하기 위해 들어간 집의 여자가 극소수의 구풍舊風에 속한다는 점까지도 진부한 필법에 적당한 듯싶어 나는 사실을 있는 그대로 묘사하지 않을 수 없었다.

비는 그치지 않는다.

처음 집에 들어왔을 때는 조금 큰 목소리로 이야기하지 않으면 알아들을 수 없을 정도로 비가 내렸지만, 지금은 대문간으로 불어닥치

---

* 위로 틀어올린 전통 머리 모양. 주로 미혼 여성이 했다.

** 머리 뒷부분을 조금 평평하게 타원형으로 틀어올린, 기혼 여성의 전통 머리 모양.

던 바람 소리도 천둥소리도 그치고, 함석지붕을 때리는 빗소리와 낙숫물 소리만 들린다. 골목에서는 한동안 사람 소리도 발소리도 들려오지 않다가 갑자기 새된 목소리가 들렸다.

"어머나, 큰일났네. 유키코, 미꾸라지가 헤엄을 치고 있어." 목소리에 이어서 나막신 소리가 나기 시작했다.

여자는 벌떡 일어나 리본 사이로 봉당 쪽을 들여다보고는 말했다. "우리집은 괜찮아요. 도랑이 넘치면 이쪽까지 물이 흘러들어오지만요."

"조금은 약해진 것 같군."

"초저녁에 비가 내리면 날씨가 좋아져도 소용이 없어요. 그러니 느긋하게 계시다 가세요. 전 지금 얼른 밥을 먹을 테니까요."

여자는 찬장 속에서 단무지가 가득 담긴 작은 접시와 뜨거운 차를 부은 밥공기를 꺼내고, 작은 알루미늄 냄비 뚜껑을 조금 열어서 냄새를 맡더니 화로 위에 올려놓는다. 뭔가 하고 보니 삶은 고구마였다.

"잊고 있었네. 좋은 게 있어." 나는 교바시에서 전차 환승을 기다리다가 산 아사쿠사 김이 떠올라 꺼냈다.

"부인분께 드릴 선물?"

"난 혼자야. 먹는 건 직접 사야 해."

"아파트에서 여자와 함께. 호호호……"

"그렇다면 지금 이렇게 방황하고 있겠어? 비든 천둥소리든 상관하지 않고 돌아갔겠지."

"그러네요." 여자는 지당하다는 듯한 표정을 하고 따뜻해지기 시작한 냄비 뚜껑을 열었다. "같이 드실래요?"

"벌써 먹었어."

"그럼 저쪽이라도 보고 계세요."

"밥은 직접 지어 먹는 모양이지?"

"주인집에서 낮하고 밤 열두시에 가져다줘요."

"차를 다시 탈까? 물이 식었어."

"어머, 죄송해요. 그런데요, 얘기하면서 먹으니 즐겁네요."

"반찬도 없이 혼자 하는 식사는 정말 싫어."

"맞아요. 그럼 정말 혼자세요? 저런."

"헤아려줄 거지?"

"그럼요, 헤아려드려야죠."

여자는 밥에 차를 부어 두 그릇 정도 먹었다. 어쩐지 들뜬 모습으로 젓가락을 그릇 속에 넣고 딸그락딸그락 헹군 뒤 아주 바쁜 듯 재빨리 접시와 밥공기를 찬장 속에 넣으면서, 아래턱을 움직여 단무지 때문에 치밀어오르는 트림을 참고 있다.

밖에서는 사람들의 발소리와 더불어 "저기요, 이봐요"라고 부르는 소리가 들리기 시작했다.

"그친 모양이군. 조만간 다시 오지."

"꼭 오세요. 낮에도 있으니까."

여자는 내가 상의를 입기 시작하자 뒤쪽으로 돌아와 옷깃을 접어주면서 어깨 너머로 볼을 비벼댔다. "꼭이에요."

"이 집 이름이 뭐지?"

"지금, 명함을 드릴게요."

신발을 신는 동안 여자는 작은 창문 아래 놓인 물건 속에서 샤미센

술대 모양으로 자른 명함을 꺼내 주었다. 데라지마마치 7번가 61번지 (2부) 안도 마사 씨 집 유키코.

"잘 있어."

"곧장 집으로 가세요."

4

소설 「실종」의 한 구절

다네다 준페이는 아즈마 다리 한가운데쯤 서서 난간에 몸을 기댄 채 마쓰야의 시계를 바라보면서 다가오는 사람의 모습에 신경을 쓰고 있다. 여급 스미코가 가게를 정리하고 나서 일부러 길을 빙 돌아서 오기를 기다리는 참이다.

다리에는 엔타쿠 말고는 전차도 버스도 다니지 않았지만, 이삼일 전부터 시작된 갑작스러운 더위에 셔츠만 입고 시원한 바람을 쐬러 나온 사람도 있고 여급처럼 보이는 여자들도 보따리를 감싸안고 귀가를 서두르며 여전히 왕래하고 있었다. 다네다는 오늘밤 스미코가 사는 아파트에 가서 천천히 앞으로의 일을 결정하기로 했기 때문에, 그곳에서 여자가 어떤 상황에 처할지, 그런 일은 더 생각하지도 않았고 또 생각할 여유도 없다. 단지 지금까지 이십 년 동안 가족을 위해 일생을 희생해버린 것이 너무나 불쾌하고 화가 나서 참을 수가 없었다.

"오래 기다리셨죠?" 스미코는 생각보다 빨리 종종걸음으로 달려왔다. "평소에는 고마카타 다리를 건너가요. 그렇지만 늘 가네코와 같이 가거든요. 그 아인 말이 많아 성가셔서요."

"전차는 이미 끊긴 것 같은데."

"걸어서 세 정거장 정도예요. 저 근처에서 엔타쿠를 타요."

"빈방이 있으면 좋겠는데."

"없으면 오늘 하룻밤 정도는 제 방에서 주무세요."

"그래도 괜찮으려나?"

"뭐가요?"

"언젠가 신문에 나지 않았어? 아파트에서 붙잡힌 얘기……"

"장소 나름이겠죠, 아마도. 제가 사는 집은 자유로운 편이에요. 옆집도 앞집도 모두 여급들이나 첩들이거든요. 옆집에는 별별 사람들이 다 드나드는 것 같아요."

다리를 다 건너기도 전에 지나던 엔타쿠가 아키바 신사 앞까지 30전에 가주기로 했다.

"완전히 변했군. 전차는 어디까지 가지?"

"무코지마*의 종점, 아키바 신사 앞까지요. 버스는 곧장 다마노이까지 가고요."

"다마노이가 이쪽 방향이던가."

"잘 아세요?"

"딱 한 번 구경하러 간 적이 있어. 오륙 년 전에."

"아주 번화하죠. 매일 밤 야시장이 서고 공터에서는 극단 공연도 열려요."

---

* 스미다 강 동쪽 강변 지역.

"그렇군."

다네다가 길 양쪽으로 스쳐지나는 풍경을 바라보는 동안 자동차는 어느새 아키바 신사 앞에 다다랐다. 스미코가 문손잡이를 움직이면서 말했다.

"여기서 내릴게요, 네." 요금을 건네고는 내게 말했다. "저기로 돌아서 가요. 저쪽엔 파출소가 있으니까."

신사의 돌담을 따라 돌아가자 한쪽에 화류계의 등불이 이어져 있는 뒷골목 막다른 곳이 있었다. 갑자기 컴컴해진 공터 한구석에 아즈마 아파트라고 적힌 등불이 시멘트로 지은 네모난 집을 정면으로 비추고 있다. 스미코가 미닫이문을 열고 안으로 들어가 방 번호가 적힌 신발장에 짚신을 집어넣기에 다네다도 똑같이 신을 집어들었다.

"이층으로 갖고 갈게요. 남의 눈에 띄니까." 스미코는 자신의 슬리퍼를 다네다에게 건네주고는 그의 나막신을 들고 앞장서서 정면으로 난 계단을 올라갔다.

바깥에서는 벽이나 창이 서양풍으로 보였지만 안에서 보니 기둥이 가는 일본식 건물로, 삐걱거리는 계단을 다 올라가자 슈미즈만 걸친 여자가 복도 모퉁이에 있는 취사장에서 단발을 흐트러뜨린 채 주전자에 물을 끓이고 있었다.

"안녕." 스미코는 가볍게 인사를 하고 오른쪽 끝에서 두번째 문을 열쇠로 열었다.

다다미 여섯 장 정도 크기의 지저분한 방이었는데 한쪽 벽은 벽장이고 다른 한쪽 벽에는 장롱이 있고 또다른 벽에는 유카타와 보일* 잠옷이 걸려 있다. 스미코는 창문을 열고, "이쪽이 시원해요" 하며 속치

마와 버선이 걸려 있는 창문 아래쪽에 방석을 깔았다.

"혼자 이렇게 살면 진짜 홀가분하겠군. 정말 결혼 따위는 시시해질 만도 하겠어."

"집에서는 노상 돌아오라고 하는걸요. 하지만 이제 다 소용없어요."

"나도 좀더 일찍 깨달았더라면 좋았을 텐데. 지금은 너무 늦었어." 다네다는 속치마가 걸려 있는 창문 너머로 하늘을 바라보다가 생각났다는 듯이 말했다. "빈방이 있는지 물어봐줘."

스미코는 차를 끓일 생각인지 주전자를 들고 복도에 나가 어떤 여자와 이야기를 나누더니 곧 돌아왔다.

"반대편 끝 방이 비어 있대요. 하지만 오늘밤은 사무실 아주머니가 없다네요."

"그럼 빌릴 수 없겠군, 오늘밤은."

"하루나 이틀 밤이라면 여기도 괜찮잖아요. 선생님만 상관없으시다면."

"나는 좋지만. 너는 어떻게 하려고?" 다네다는 눈을 동그랗게 떴다.

"저는 여기서 자죠. 옆방 여자한테 가도 되고요. 남자친구만 오지 않는다면."

"이 방에는 아무도 안 오나?"

"네, 지금은. 그러니 괜찮아요. 하지만 선생님을 유혹해서는 안 되겠죠?"

다네다는 웃고 싶기도 하고 정나미가 떨어지기도 하는 듯한 조금

---

* 성기게 짜서 비쳐 보이는 얇고 가벼운 직물.

묘한 얼굴로 아무 말도 하지 않는다.

"훌륭한 부인과 따님도 계시고……"

"흥, 그따위 것. 늦었지만 이제부터는 나도 새로운 삶을 살 거야."

"별거하실 거예요?"

"음, 별거라. 아니 이별이지."

"하지만 그렇게까지야 되겠어요."

"그러니까 생각중이야. 난폭하든 어떻든 상관없어. 한동안 모습을 감출 거야. 그러면 헤어질 수 있는 건수가 생기겠지. 스미코, 빈방을 구하지 못하면 폐를 끼치게 될 테니 오늘밤은 어디 다른 데서 자도록 하지. 다마노이 구경이라도 할까."

"선생님, 저도 하고 싶은 얘기가 있어요. 어떻게 하면 좋을지 곤혹스러운 일이 있거든요. 오늘밤은 자지 말고 같이 이야기나 해요."

"요즘은 날이 금방 밝으니까."

"일전에 요코하마까지 드라이브를 했는데 돌아오는 길에 동이 트더라고요."

"네 신상 얘기를 처음부터 듣자면, 우리집에 하녀로 들어오기 전까지만 얘기해도 엄청나겠지. 여급이 되고 나서도 일이 많았을 테고."

"하룻밤으로는 부족할지도 몰라요."

"그래……하하하하."

한동안 조용하던 이층 어디에선가 남녀가 이야기를 주고받는 소리가 들려오기 시작했다. 취사장에서는 다시 물소리가 났다. 스미코는 정말 밤새도록 이야기할 작정인 듯 허리띠만 풀어서 주의깊게 접고 그 위에 버선을 얹어 벽장에 넣은 뒤, 낮은 밥상을 훔치고 차를 타면서 말했다.

"제가 이렇게 된 이유, 선생님은 뭐라고 생각하세요?"

"글쎄, 역시 도회지를 동경했기 때문이라고 생각하는데, 아닌가?"

"그건 물론 그렇지만, 그보다는 저희 아버지 직업이 정말 싫었어요."

"뭐였는데?"

"두목이라나 협객이라나. 어쨌든 폭력단……" 스미코가 목소리를 낮춰 말했다.

5

장마가 끝나고 한여름이 되자 이웃집들이 일제히 미닫이문을 활짝 열어놓은 탓인지, 다른 계절에는 들리지 않았던 소리들이 갑자기 귀에 거슬리기 시작했다. 그중에서 나를 가장 괴롭힌 것은 판자 한 장을 사이에 둔 이웃집의 라디오 소리다.

저녁때 조금 시원해지기를 기다려 등불 아래 책상 앞에 앉으려고 하면 딱 그때부터 금이 가는 듯한 날카로운 소리가 터져나와 아홉시 넘어서까지 이어진다. 라디오 소리 중에서도 서쪽 지방 사투리로 나누는 정치 이야기, 나니와부시* 그리고 서양음악을 뒤섞은 학생 연극 수준의 낭독은 특히나 괴롭다. 라디오만으로는 충분하지 않은지 밤낮

* 메이지 시대부터 유행한 대중 예능. 샤미센 반주에 가락을 붙여 의리나 인정을 주제로 하는 이야기를 한다.

가리지 않고 축음기로 유행가를 틀어놓는 집도 있다. 라디오 소리를 피하기 위해 나는 해마다 여름이면 저녁식사를 하는 둥 마는 둥 하거나 어떤 때는 밖에서 먹기로 하고 여섯시만 되면 집을 나왔다. 집을 나온다고 해서 라디오 소리가 들리지 않는 것도 아니다. 길갓집이나 상점에서는 훨씬 더 심하지만 전차나 자동차 소리와 섞여 시가지의 일반적인 소음으로 들리기 때문에, 서재에 혼자 앉아 있을 때에 비하면 걸을 때가 오히려 신경쓰이지 않고 훨씬 편안하다.

장마가 끝남과 동시에 라디오 소리에 방해를 받아 「실종」의 초고를 중단한 지 벌써 열흘 정도 되었다. 어쩐지 감흥도 그대로 사라져버린 것 같다.

이번 여름에도 작년 재작년과 마찬가지로 해가 지기 전에 매일같이 집을 나오지만 실은 가야 할 곳이나 거닐어야 할 곳이 있는 것도 아니다. 고지로 소요 옹이 살아 있을 때는 매일 밤 긴자에서 저녁 바람을 쐬는 일도 하루가 다르게 흥미를 더해갔지만, 그 사람도 이미 세상을 떠났고 나도 이제는 거리의 야경에 신물이 난 듯한 기분이다. 그후 거기에 더해 긴자에 갈 수 없게 만든 일이 일어났다. 대지진 전 신바시에 있는 게이샤 집에 드나들었다는 한 인력거꾼이 지금은 언뜻 보아도 살인이라도 저지른 듯한 인상과 풍채를 지닌 못된 불량배가 되어, 이따금 오하리초 근처를 배회하다 옛날에 본 적 있는 손님이 지나가는 것을 보면 금품을 요구하며 생트집을 잡기 시작한 것이다.

처음 구로사와 상점 모퉁이에서 50전짜리 은화를 베푼 것이 도리어 나쁜 전례가 되어, 돈을 주지 않으면 악다구니를 쓰니 사람들이 많이 모여드는 게 싫어 다시 50전을 주게 된다. 이 남자가 술값을 내라고 생트집을 잡는 사람이 나만은 아닐 거라는 생각에 어느 밤 그를 속여 네거리에 있는 파출소에 데려갔는데, 보초를 서는 순사는 그와 이미 잘 아는 사이여서 몹시 귀찮다는 듯 상대도 하지 않으려 했다. 어느 날은 이즈모초……아니 7번가에 있는 파출소에서 그가 순사와 웃으면서 이야기를 나누고 있는 것도 보았다. 순사의 눈에는 나 같은 사람들보다 오히려 이 남자의 신원이 더 확실해 보일지도 모른다.

나는 산책 방향을 강 동쪽으로 바꿔 도랑 옆에 있는 집을 찾아가 쉬기로 했다.

사오일 계속 같은 길을 오가다보니 아자부에서 먼길도 처음에 비하면 점점 힘들지 않게 되었다. 교바시와 가미나리몬에서 차를 갈아타는 것도 습관이 되자 의식보다 몸이 먼저 반응하게 돼 그다지 성가시지 않았다. 승객이 붐비는 시간과 날마다 달라지는 노선도 확실히 알게 되었기 때문에 잘 피하면 먼 길인 만큼 여유롭게 책을 읽으면서 갈 수도 있었다.

전차 안에서 독서하는 일은 1920년 무렵 돋보기안경을 쓰면서부터 완전히 그만두었지만, 가미나리몬까지 먼 길을 왕복하면서 다시 시작하기로 했다. 그러나 나는 신문이나 잡지, 신간 서적을 손에 들고 다니는 습관이 없었기 때문에 처음 외출할 때 손에 닿는 대로 요다 갓카이의 『스미다 강 24경기景記』를 들고 갔다.

긴 강둑이 구불구불 죽 뻗어 있고, 미메구리 신사를 지나면 바야흐로 굽은 모양을 이룬다. 조메이 사에 이르러 한 번 꺾으면 앵두나무가 가장 많은 곳이다. 간에이* 때 도쿠가와 다이유** 공께서 이곳에서 매사냥을 하다가 복통이 왔는데 절의 우물물을 마시고 낫자 이를 장명수長命水라 하였다. 이로 인해 그것이 우물의 이름이 되었고, 절의 이름도 조메이長命가 되었다. 훗날 바쇼 거사***는 눈을 감상하며 인구에 회자되는 아름다운 글귀를 남겼다. 아, 거사께서는 절세 호걸이시니 그 명성을 세상에 떨치심이 마땅하다. 거사는 한낱 포의布衣에 불과함에도 세상에 알려졌으니, 대개 사람은 그 이룬 바가 어떠한가에 달려 있을 뿐이다.

고인의 문장이 눈앞의 경치에 어느 정도 흥을 더해줄 거라고 생각했기 때문이다.

사흘째쯤 된 날, 나는 산책 도중에 식료품을 사야 했다. 그 김에 여자에게 줄 선물도 샀다. 덕분에 겨우 방문 네다섯 번 만에 이중 효과를 거두었다.

언제나 통조림만 살 뿐 아니라 단추가 떨어진 셔츠나 상의만 입고 다니는 것을 보고, 여자는 드디어 나를 아파트에 사는 홀아비라고 추정한 것이다. 독신이라면 매일 밤 놀러와도 전혀 이상하게 볼 일은 아니다. 라디오 때문에 집에 있을 수 없는 거라고는 생각할 리도 없으며, 또한 연극이나 활동사진을 보지 않기 때문에 나는 달리 시간을 보낼 데가 없다. 갈 곳이 없어서 오는 사람이라고도 생각할 리 없다. 이 문제는 해명을 하지 않고도 자연스럽게 해결되었지만, 돈의 출처에

---

* 에도 시대 전기의 연호 중 하나, 1624~1645년.

** 도쿠가와 이에야스의 손자인 에도 막부의 제3대 쇼군 도쿠가와 이에미쓰.

*** 에도 시대의 유명한 시인 마쓰오 바쇼.

대해서는 의심하지는 않을까 해서, 장소가 장소인 만큼 나는 넌지시 물어보았다. 그러자 여자는 그날 밤 치러야 할 돈만 제대로 지불한다면 다른 일은 애초부터 생각도 하지 않는다는 듯 말했다.

"이런 곳에서도 쓰는 사람은 엄청 써요. 한 달 내내 머무른 손님도 있었어요."

"그렇게나." 나는 놀라서 말했다. "경찰에 신고하지 않아도 괜찮아? 요시와라에서는 바로 신고한다던데."

"이 동네에서도 신고하는 가게가 있을지 모르죠."

"그 손님은 뭐하는 사람이었지? 도둑?"

"포목전에서 고용살이하던 사람이었어요. 결국 가게 주인이 와서 데리고 갔죠."

"가게 돈을 훔쳐 달아난 거군."

"맞아요."

"나는 걱정 안 해도 돼, 그런 쪽으로는." 하지만 여자는 아무래도 상관없다는 표정으로 되묻지도 않았다.

그러나 진작부터 여자가 내 직업에 대해 마음대로 생각하고 있었다는 사실을 알게 되었다.

이층 장지문에는 반지半紙*를 넷으로 자른 정도의 크기에 복각한 우키요에 미인도가 붙어 있다. 그중에는 우타마로의 전복잡이 해녀, 도요노부의 목욕하는 미녀 등 내가 이전에 잡지 『고노하나』의 삽화로 본 기억이 있는 것들도 있었다. 3권으로 이루어진 호쿠사이의 『후쿠

* 가로 25센티미터, 세로 35센티미터 정도 크기의 얇고 흰 일본 종이.

토쿠와고진』 중에서 남자 모습은 지우고 여자만 남겨둔 것도 있기에 나는 그 책에 대해 자세히 설명해주었다. 그러고는 오유키가 손님과 함께 이층에 올라가 있는 동안 아래층 방에서 수첩에 무엇인가를 쓰고 있었는데, 오유키는 그 모습을 흘끗 보고는 나를 틀림없이 비밀스러운 출판업을 하는 남자라고 생각한 듯, 다음에 올 때는 그런 책을 한 권 가져다달라고 말했다.

이삼십 년 전 모아둔 책 가운데 아직 남아 있는 것이 집에 있어서 나는 여자가 원한 대로 한 번에 서너 권을 가져다주었다. 그렇게 해서 아무 말도 하지 않았는데 내 직업이 그렇게 정해졌을 뿐만 아니라, 검은 돈이 어디서 나오는지도 자연스레 짐작하게 된 듯했다. 그러자 여자의 태도는 한층 허물없어져 나를 전혀 손님으로 취급하지 않게 되었다.

음지에서 사는 여자들은 떳떳하지 못하게 세상을 피하는 남자들을 무서워하지도 싫어하지도 않고 오히려 친밀하고 애처로운 감정을 느끼며 대한다는 점은 수많은 실례로 미루어 깊이 설명할 필요도 없을 것이다. 가모가와의 한 예기藝妓는 막부 관리에게 쫓기는 지사志士를 구했고, 쓸쓸한 역참의 한 작부는 통행증도 없이 관문을 빠져나가려는 노름꾼에게 여비를 베푸는 일도 마다하지 않았다. 토스카는 도망쳐온 가난한 청년에게 먹을 것을 주었고, 미치토세*는 무뢰한에게 진정으로 사랑을 바치고도 후회하지 않았다.

이런 까닭으로 나는 이 거리 부근 혹은 도부 전차 안에서 문학가나 신문기자를 만나지나 않을까 우려가 될 뿐이다. 다른 사람들은 어디

---

* 1881년 상연된 가부키 작품의 여주인공.

에서 만나든 나를 미행하든 전혀 상관 없다. 근엄한 사람들로부터는 이미 삼십 년 전에 버림받은 몸이다. 친척 아이들도 우리집과는 가까이하지 않게 되었으므로 결국 지금은 거리낄 게 아무것도 없다. 오로지 글쓰는 사람들이 무서울 뿐이다. 십여 년 전 긴자의 대로에 카페가 연이어 생기기 시작할 무렵 그곳에서 술을 마시고 취한 적이 있었는데, 신문이라는 신문은 모두 나를 비난했다. 1929년 『분게이순주文藝春秋』라는 잡지는 4월호에서 세상에 '살게 두어서는 안 되는' 인간이라며 나를 공격했다. 그 글에서 '처녀 유괴'와 같은 표현을 사용한 것을 보면 나를 궁지에 몰아넣어 범법자로 만들려고 했는지도 모른다. 내가 밤에 몰래 스미다 강을 건너 동쪽에서 논다는 것을 그들이 알게 되면 또 무슨 일을 벌일지 짐작하기 어렵다. 정말 무서운 일이다.

매일 밤 전차를 타고 내릴 때뿐만 아니라 이 동네로 숨어든 뒤에도, 북적대는 야시장 길은 말할 것도 없고 좁은 골목길에서도 사람이 많을 때는 사방을 잘 살피며 다녀야 한다. 이런 마음가짐은 「실종」의 주인공 다네다 준페이가 세상을 피해야 하는 상황을 묘사하는 데 필요한 실험이다.

6

내가 남의 눈을 피해 몰래 다니는 도랑 옆 집이 데라지마마치 7번가 60 몇번지에 있다는 것은 이미 말한 바 있다. 그 주변은 번화가치고는 북서쪽 구석에 치우쳐 있어 눈에 잘 띄지 않는다. 가령 이곳을 호쿠리에 비한다면 교마치 1번가에 해당할 텐데 그중에서도 서쪽 강가와 가까운 변두리라 할 수 있다. 들은 지 얼마 안 되는 이야기이므로 조금 아는 체를 하며 이 번화가의 내력에 대해 말해볼까 한다. 1918~1919년 무렵 아사쿠사 관음당 뒤쪽 경내가 좁아지고 넓은 도로가 개설될 즈음, 옛날부터 그 주변에 즐비했던 요큐바, 메이슈야* 등이 죄다 철거 명령을 받아 지금도 게이세이 버스가 왕복하는 다이쇼 도로 양쪽으로 정처 없이 자리를 옮겼다. 이어서 덴보인 옆과 에가와타마노리** 뒤편에서 쫓겨난 사람들까지 쉴새없이 몰려와 다이쇼 도로는 거의 모든 집이 메이슈야가 되었다. 이곳을 지나는 행인들이 백주 대낮에도 소맷자락을 잡히거나 모자를 빼앗기는 지경이 되자 경찰의 단속이 심해졌고, 가게들은 차가 다니는 큰길에서 골목 안으로 틀어박히게 되었다. 아사쿠사의 옛터에서는 료운카쿠*** 뒤쪽에서부터 공원 북쪽 센조쿠마치의 골목에 걸쳐 있던 가게들이 남을 수 있는 계책을 강구하느라 갖은 수를 다 썼지만, 1923년 대지진 때문에 일시에 모두 다이쇼 도로로 도망쳐왔다. 시가지가 재건된 후 니시켄반이라는 예기 조합을 만들어 전업한 사람들도 있었지만, 이 지역은 점차 번영하여 마침내 오늘날처럼 변치 않는 성황을 누리기에 이르렀다. 처음에는 시내 교통편이 시라히게 다리 방면 노선 하나뿐이어서 작년에 게이세이 전차가 운행을 중단하기 전까지는 전차 정거장 부근이 가장 붐볐다.

---

* 활쏘기를 하고 술을 마시는 곳이지만 모두 은밀히 매춘 영업을 했다.

** 메이지 시대에 아사쿠사에서 인기를 모은 공 타기 곡예단.

*** 아사쿠사 공원에 있었던 12층 벽돌 건물.

그런데 1930년 봄 도시 부흥제가 열렸을 무렵, 아즈마 다리에서 데라지마마치에 이르는 직진 도로가 새로 나 시내 전차는 아키바 신사까지만 운행하게 됐고, 시영 버스 왕복 노선은 더욱 연장되어 데라지마마치 7번가 변두리에 차고를 두게 되었다. 이와 더불어 도부 철도 회사가 번화가 남서쪽에 다마노이 역을 만들고 밤 열두시까지 가미나리몬에서부터 요금 6전에 사람을 태워 오면서 거리의 형세는 앞쪽과 뒤쪽 가릴 것 없이 완전히 변해버렸다. 그전까지는 가장 찾기 어려웠던 골목이 가장 들어가기 쉬운 곳이 되기도 하고 눈에 잘 띄는 요지라고 일컬어지던 곳이 지금은 변두리가 되어버리기도 했다. 그래도 은행, 우체국, 목욕탕, 요세, 활동사진관, 다마노이 이나리 신사 등은 모두 다이쇼 도로에 그대로 남아 있고, 시골 큰길 또는 개정改正 도로라 불리는 새로운 길에는 엔타쿠가 폭주하고 밤거리 노점상만 흥청거릴 뿐 순사가 있는 파출소도 공동변소도 없다. 이러한 벽촌의 신도시마저도 세상 형편과 더불어 성쇠가 좌우되는 일을 피할 수 없다. 그러니 사람의 일생은 어떠하겠는가.

내가 우연히 친숙해진 도랑 옆 집……오유키라는 여자가 사는 그 집이 이 지역에서도 다이쇼 개척기의 전성기를 상기시키는 한쪽 구석에 있다는 점 역시, 나처럼 시대에 뒤떨어진 사람과 어쩐지 깊은 인연이 있는 것처럼 여겨진다. 그 집은 다이쇼 도로에서 어떤 골목으로 들어가 더러운 깃발이 걸린 이나리 신사 앞을 지나서 도랑을 따라 더욱 깊게 들어간 안쪽에 있기 때문에, 들어가지도 않으면서 가격만 묻고 다니는 사람들의 발소리에 묻혀 큰길의 라디오나 축음기 소리도 잘 들리지 않는다. 여름날 밤, 내가 라디오 소리를 피하는 데 이보다 적절한 안식처는 어디에도 없을 것이다.

이 번화가에서는 원래 조합의 규칙에 따라 여자가 창가에 나와 앉아 있는 오후 네시부터는 축음기와 라디오를 틀지도, 샤미센을 연주하지도 못한다. 그래서 비가 부슬부슬 내리는 밤이면 어둠이 깊어질수록, 이봐요, 저 좀 봐요 하는 소리조차 들리지 않고 집 안팎에서 무리 지어 우는 모깃소리만 유난히 또렷하게 들려와 자못 변두리 뒷골목다운 쓸쓸함이 느껴지기 시작한다. 그것도 요즘 같은 현대식 지저분한 뒷골목이 아니라 쓰루야 난보쿠의 교겐* 등에서 느껴지는 지난 세상의 쓸쓸한 정취다.

언제나 시마다나 마루마게만 하는 오유키의 모습과 더러운 도랑, 모깃소리는 나의 감각을 강렬하게 자극하여 삼사십 년 전에 사라진 과거의 환영을 재현해낸다. 할 수만 있다면 이 허무하고도 이상한 환영을 소개해준 사람에게 감사의 말을 꼭 전하고 싶다. 오유키는 과거를 불러내는 힘에서는 쓰루야 난보쿠의 교겐을 연기하는 배우보다도, 가락에 맞춰 란초**를 낭창하는 쓰루가 아무개보다도 한층 교묘한 무언의 예술가였다.

오유키가 밥통을 끌어안고서 밥을 그릇에 담은 다음 더운 찻물에 말아서 후룩후룩 소리를 내며 떠 넣는 모습을 그다지 밝지 않은 전등불과 도랑에서 끊임없이 들려오는 모깃소리 속에서 가만히 바라보면, 청춘 시절 가깝게 지냈던 여자들의 모습과 그녀들의 집이 눈앞에 생

* 가부키의 각본.

** 샤미센 반주에 맞춰 이야기를 노래하는 조루리의 한 유파인 신나이부시의 대표곡.

생하게 그려진다. 내가 사귀었던 여자들뿐만이 아니다. 친구들의 여자들까지도 생각났다. 그 무렵까지는 남자를 '그이', 여자를 '애인'이라고 하거나 두 사람의 한적한 거처를 '사랑의 보금자리'라고 하는 등의 말은 없었다. 친숙한 여자는 '그대'도 '당신'도 아니라 그저 '너'라고 부르면 되었다. 남편이 아내를 '엄마', 아내가 남편을 '아빠'라고 부르는 사람들도 있었다.

오늘날에도 스미다 강 동쪽으로 건너가면 삼십 년 전 옛날과 똑같이 도랑에서 모기가 윙윙거리며 변두리 거리의 쓸쓸함을 노래하고 있는데, 도쿄의 말투는 지난 십 년 사이에 변했다면 참 많이 변했다고 할 수 있다.

주변을 정리하고 모기장을 치네
가지도 않는 고단한 무더위에 무명 모기장
가을 석양 비치는 도랑 옆 집
쓸쓸한 집 부채도 부러지는 더운 가을
모기장 구멍 깁고 기워도 9월이로세
쓰레기통 속에서도 나와 우는 모기야
남은 모기 세어보는 벽에는 비가 샌 흔적
이 모기장도 술酒이 되면 좋겠네 늦가을 무렵

어느 날 밤 오유키의 집 거실에 모기장이 쳐 있는 것을 보고 문득 떠오른, 옛날에 지은 작품이다. 죽은 벗 아아 군*이 후카가와 조케이사 뒤쪽에 있는 단층 연립주택에서 부모가 반대하는 연인과 숨어살고 있을 때 이따금 찾아가 절반쯤 읊기도 했는데, 그게 1910년 무렵이었을 것이다.

그날 밤 오유키는 갑자기 이가 아프기 시작해 조금 전 창가에서 내려와 누워 있던 참이라고 말하며 모기장에서 기어나왔지만 앉을 곳이 마땅치 않아서 나와 나란히 마루 끝에 걸터앉았다.

"평소보다 늦었잖아요. 너무 기다리게 하는 거 아니야."

내 직업이 꺼림칙한 부류라고 짐작한 뒤부터 여자는 말투와 태도가 친숙함의 경계를 넘어 무례함으로까지 치닫는 경향이 있었다.

"늦어서 미안하군. 충치야?"

"갑자기 아프네. 눈이 핑핑 도는 것 같았어요. 부었죠?" 여자가 옆얼굴을 보이며 말했다. "집 좀 봐주세요. 잠깐 치과에 다녀올 테니."

"이 근처인가?"

"검사장 바로 앞."

"그럼 공설 시장 쪽이군."

"여기저기 안 돌아다닌 데가 없나보지. 잘도 아시네, 바람둥이."

"뜨끔하군. 그렇게 매몰차게 굴지 마. 곧 출세할 몸이라고."

"그럼 부탁해요. 너무 오래 기다려야 할 것 같으면 그냥 돌아올게."

"너를 기다리나니 모기장 밖에서……인 셈인가? 어쩔 수 없지."

여자의 말투가 조심성이 없고 거칠어질수록 나도 그에 걸맞은 어투를 썼다. 신분을 감추기 위한 수단은 아니다. 장소와 사람을 불문하고 나는 현대인을 대할 때에는 마치 외국에 가면 외국어를 사용하듯이

* 나가이 가후의 죽마고우였던 소설가이자 하이쿠 시인 이노우에 아아.

상대와 같은 말을 쓰기로 작정했기 때문이다. '내 고향'이라고 상대편이 말하면 나도 '저' 대신 '나'를 사용한다. 조금 다른 얘기지만, 현대인과 교제할 때 구어를 배우기는 쉽지만 문서를 주고받을 일이 생기면 상당히 곤혹스럽다. 특히 여자들이 보낸 편지에 답장을 쓸 때는 여자들이 쓰는 일인칭 대명사를 쓰고 역접 접속사를 줄여서 쓰고, 무슨 일에나 '필연성'이라는 둥 '중대성'이라는 둥 성性이라는 글자를 붙인다. 반농담으로 말투를 흉내낼 때와는 달리 글로 써야 할 상황이 되면 실로 참기 어려운 혐오감을 느끼지 않을 수 없다. 무슨 일이 있어도 돌아갈 수 없는 옛날 일을 그리워하던 그날, 마침 곰팡이나 해충을 제거하기 위해 햇볕에 내놓은 물건 안에서 무코지마고우메라는 마을에 첩으로 들어간 야나기바시의 기녀가 보낸 오래된 편지를 발견했다. 편지에는 반드시 문어체의 존칭을 써야 했던 시대였기 때문에 그 무렵의 여자들은 벼루를 옆에 두고 붓을 잡으면 글자를 잘 몰라도 저절로 '이옵니다' '하옵니다' 같은 말투가 떠올랐던 모양이다. 사람들의 비웃음에 개의치 않고 여기에 적어둔다.

한말씀 올리옵니다. 그후로 격조하여 참으로 죄송하오니 용서해 주셨으면 하옵니다. 지금까지 살던 곳이 너무 비좁아 이번에 앞의 주소로 이사했기에 알려드리옵니다. 정말 드리기 어려운 말씀이지만 만나뵙고 드리고 싶은 말씀이 있사오니, 아무쪼록 짬을 내시어 선생님께서 편하신 때 들러주시옵기를 거듭거듭 부탁드리겠사옵니다. 하루라도 빨리 오시길, 나머지는 만나뵙고 말씀드리겠습니다. ○○ 올림.

대나무 가게 근처 나루터 밑에 미야코유라는 목욕탕이 있습니다. 채소 가게에서 물어보십시오. 아아 선생님께서도 함께 수로에 가고 싶어하신다고 알고 있사온데, 날씨가 좋사오니 형편되실 때 오전중에 두 분이 함께 오시면 어떠하올지, 여쭈어봅니다. 다만 이 편지에 대한 답장은 필요 없사옵니다.

편지에서 '이사하다'라는 뜻의 '히키우쓰리ひき移り'를 '시키우쓰리しき移り'로 쓰고 '오전'이라는 뜻의 '히루마에ひる前'를 '시루마에しる前'로 잘못 쓴 것은 도쿄 시타마치 특유의 말투 때문이다. 대나무 가게 근처 나루터도 이제는 마쿠라 다리의 나루터와 함께 흔적도 없이 사라졌다. 이제 내 청춘의 자취를 애도하기 위해 그것을 어디에서 찾아야 한단 말인가?

7

나는 오유키가 나간 후 반쯤 내려진 낡은 모기장 아래 혼자 앉아 모기를 쫓으며 이따금 화로에 가득찬 숯과 주전자를 살폈다. 이 지역에는 아무리 더위가 심한 밤이라도 손님이 왔다는 신호로 밑에서 차를 가져다주는 관례가 있기 때문에 어느 집에도 불과 뜨거운 물이 떨어지는 일은 없다.

"어이, 이봐." 누군가 작은 목소리로 부르며 창을 두드렸다.

아마도 이 집 단골손님일 거라 생각하고 나갈지 말지 망설이며 상황을 보고 있었는데 남자가 창구멍으로 손을 넣어 문고리를 푼 다음 문을 열고 안으로 들어왔다. 하얀 유카타에 허리띠를 맨 차림, 촌스러운 둥근 얼굴과 콧수염, 나이는 쉰 살 정도. 손에는 보자기에 싼 뭔가를 들고 있다. 나는 그 모습과 얼굴을 보고 바로 오유키의 포주일 거라는 생각이 들어 상대가 말하기를 기다리지 않고 먼저 입을 열었다.

"오유키는 웬일인지 의사에게 진찰받으러 간다고 하던데요, 아까 집 앞에서 만났습니다."

포주인 듯한 남자는 이미 알고 있는 모양이다.

"곧 돌아오겠지요. 기다려보세요." 남자는 내가 이곳에 있는 것을 이상하게 여기지도 않고 보따리를 풀어 작은 알루미늄 냄비를 꺼내 찬장 속에 넣었다. 야식 반찬을 가지고 온 것을 보니 포주가 틀림없었다.

"오유키는 언제나 바쁘니 대단하군요."

나는 인사 대신 뭔가 겉치레 말이라도 해야겠다 싶어 그렇게 말했다.

"그러게요. 고맙습니다." 포주도 대답이 궁한 듯 별 뜻 없는 말을 하고는 화롯불과 뜨거운 물의 상태만 확인할 뿐 내 얼굴을 똑바로 보지도 않는다. 오히려 대화를 피하려는 듯 옆으로 비켜나기에 나도 그대로 입을 다물었다.

이런 대면은 집주인과 유객遊客 양쪽 모두에게 아주 어색한 법이다. 유곽, 예기가 있는 찻집, 게이샤 집 등의 주인과 손님 사이도 마찬가지인데, 이들이 서로 대화하는 경우는 여자를 가운데 두고 매우 거북한 말썽이 일어났을 때뿐으로, 그런 일이 없다면 대면할 필요가 전혀 없기 때문이다.

오유키가 가게 앞에 늘 피우는 모기향도 오늘밤에는 한 번도 피우지 않은 듯, 온 집안에서 모기가 극성을 부리며 얼굴을 물기만 하는 게 아니라 입안으로도 날아드니 이 지역에 익숙한 주인도 잠시 앉아 있는 동안 도저히 참지 못하고 방 안쪽 칸막이 문턱 옆에 놓인 선풍기를 손잡이를 당겨 틀었지만, 선풍기는 고장이 났는지 돌아가지 않는다. 화로 서랍에서 모기향 조각을 찾아냈을 때 안심이 된 듯 무심코 서로 얼굴을 마주보았기 때문에 나는 그것을 기회로 말을 건넸다.

"올해는 어디나 모기가 지독하게 많네요. 더위도 극성이지만."

"그렇습니까? 이곳은 원래 매립지인데 제대로 흙을 쌓아 지대를 높이지도 않았으니까요." 주인도 마지못해 입을 열기 시작했다.

"그래도 길이 참 좋아졌어요. 무엇보다도 편리해졌습니다."

"그 대신 뭐든 규칙이 번거로워졌지요."

"이삼년 전에는 이곳을 지나가면 여자들이 모자 같은 것을 벗겨 가지고 달아나버렸죠."

"그래서 우리 같은 이곳 사람들도 애를 먹었어요. 볼일이 있어도 지나다닐 수가 없었으니까요. 여자들에게 아무리 말한들 일일이 감시를 할 수도 없고 해서 어쩔 수 없이 벌금을 물리기로 했어요. 가게 밖으로 나와 손님을 끄는 모습이 발각되면 벌금을 물리는 거죠. 그후로는 공원 주변으로 손님을 끌러 나가는 것도 규칙 위반이 됐어요."

"어떤 직업이든 그 세계에 직접 들어가보지 않으면 사정을 알 수 없군요."

에둘러서 이 지역 사정을 물어보려고 생각했을 때, "안도 씨" 하는 남자의 목소리가 들리더니 누군가 종잇조각을 창문에 찔러넣고 갔다.

그와 동시에 오유키가 돌아와 그 종잇조각을 집어서는 화로에 걸쳐놓은 판자 위에 올려놓길래 훔쳐보니 등사로 찍어낸 강도범 수색 회람장이었다.

오유키는 그런 것에는 눈길조차 주지 않고 "아버지, 이 이는 내일 빼지 않으면 안 된다네요"라고 말하며 주인 쪽으로 입을 벌렸다.

"그럼 오늘밤에는 먹을 게 필요 없었던 셈이구나"라며 주인이 일어나려고 해 나는 일부러 주인 눈에 보이게 돈을 꺼내 오유키에게 건네고는 혼자 앞서서 이층으로 올라갔다.

이층에는 창문이 있고 탁자가 놓인 다다미 세 장 크기의 방과 다다미 여섯 장, 네 장 반 정도 되는 방 두 개가 이어져 있었다. 원래 한 채였던 집을 앞뒤로 갈라 두 채로 만든 듯 아래층에는 거실 하나뿐이며 부엌이나 뒷문도 없다. 이층은 층계참에서 바로 다다미 네 장 반 크기의 방이 이어져 있는데 벽이 종이를 바른 널빤지 한 장이었기 때문에 뒤쪽 집에서 나는 소리가 전부 들린다. 나는 자주 귀를 갖다 대고 웃곤 했다.

"또 그 짓을. 더워죽겠는데."

위층으로 올라온 오유키는 곧장 창이 있는 다다미 세 장 크기의 방으로 가서 염색된 무늬가 바랜 커튼을 한쪽으로 젖혔다. "이쪽으로 와요. 바람이 좋아요. 어머나, 또 번개가 치네."

"아까보다는 조금 시원해졌네. 과연 바람이 좋군."

창 바로 밑은 갈대발 차양에 가려 보이지 않았지만 도랑 너머에 늘어선 집들의 이층과 창가에 앉아 있는 여자들의 얼굴, 오가는 사람들의 모습, 골목 일대의 광경이 의외로 멀리까지 한눈에 내다보인다. 지붕 위의 하늘은 납빛으로 무겁게 가라앉았고 별도 보이지 않는다. 큰길 네온사인에 하늘도 불그스레 물들어 무더운 밤을 더욱 무덥게 한다. 오유키는 방석을 창틀에 얹고 그 위에 걸터앉아 한참 동안 하늘을 바라보다가 "저기요" 하며 갑자기 내 손을 잡았다.

"제가 빌린 돈 다 갚고 나면, 마누라 삼아주지 않을래요?"

"나 같은 건 안 되지 않을까?"

"남편 될 자격이 없다는 거예요?"

"먹여 살릴 수 없다면 자격이 없는 거지."

오유키가 아무 말 없이 골목 끝에서 들려오기 시작한 바이올린 소리에 맞춰 콧노래를 부르기 시작하기에 내가 무심코 얼굴을 보려 하자, 오유키는 피하려는 듯 갑자기 일어나 한 손을 뻗어 기둥을 붙잡고는 상반신을 앞으로 던지듯 밖으로 쑥 내밀었다.

"십 년만 더 젊었어도……" 나는 탁자 앞에 앉아 담배에 불을 붙였다.

"대체 몇 살인데요?"

이쪽으로 돌아보는 오유키의 얼굴을 바라보니 여느 때처럼 한쪽 뺨에 보조개를 짓고 있어서 나는 왠지 안심이 되었다.

"곧 예순이야."

"아버지, 예순 살이에요? 아직 건강하시네!"

"아니."

오유키가 내 얼굴을 찬찬히 바라보았다. "당신 아직 마흔도 안 됐죠? 서른일곱이나 여덟?"

"나는 첩의 자식이라 진짜 나이는 잘 몰라."

"마혼이라고 해도 젊어 보여요. 머리카락도 그렇게는 안 보이고."

"1898년생이군. 마혼이라면."

"난 몇 살로 보여요?"

"스물한두 살로 보이지만, 스물넷쯤 된 것 같은데."

"당신, 말솜씨가 보통이 아니라니까. 스물여섯이에요."

"오유키, 우쓰노미야에서 게이샤를 했다고 그랬지?"

"네."

"근데 왜 여기 온 거야? 이 동네 사정을 잘도 알았군."

"한동안 도쿄에 있었거든요."

"돈이 필요했나보군?"

"안 그랬으면 왜…… 남편은 병으로 죽었고, 그리고 조금……"

"익숙해지기 전에는 놀랐겠어. 게이샤와는 방식이 다르니까."

"그렇지도 않아요. 처음부터 다 알고 온 걸 뭐. 게이샤는 버는 것보다 쓰는 게 더 많아서 빚이 줄지 않았어요. 게다가……어차피 버릴 몸이라면 벌이가 좋은 쪽이 나으니까."

"거기까지 생각하다니, 정말 기특하군. 혼자서 그런 생각을 한 거야?"

"게이샤로 있을 때 찻집에서 일하는 여자를 알았는데 그 여자가 이 동네에서 이런 일을 하고 있어서 이야기를 들었어요."

"그렇다 치더라도 대단하군. 햇수가 지나면 자기 장사를 해서 남길 수 있을 만큼 남길 수 있겠지."

"내 나이가 물장사에 적합하다지만. 앞날을 누가 알겠어, 그렇죠?"

오유키가 내 얼굴을 가만히 응시했기 때문에 나는 다시 이상한 불안감을 느꼈다. 아닐 거라고 생각했지만 어쩐지 어금니에 뭔가 껴 있는 듯한 기분이어서 이번에는 내가 하늘로라도 얼굴을 돌리고 싶어졌다.

큰길 네온사인이 되비치는 하늘가에는 아까부터 가끔 번개가 번쩍이고 있었는데 이때 갑자기 날카로운 빛이 눈에 비쳤다. 그러나 천둥소리 같은 것은 들리지 않았고 바람만 갑자기 멎어 저물녘의 더위가 다시 돌아온 듯했다.

"곧 소나기가 내릴 것 같군."

"저기요. 머리를 만지고 돌아온 날……벌써 석 달이 되어가네."

내 귀에는 이 "석 달이 되어가네—"라고 조금 길게 늘인 '네—'라는 소리가 왠지 먼 옛날을 회상하게 하는 무한한 정이 함축된 말처럼 들렸다. "석 달이 되었군요"라든가 "석 달이 됐어요"라고 말을 마쳤다면 평상시 대화로 들렸겠지만, "네—"라고 길게 늘인 목소리는 한탄하는 소리라기보다는 오히려 은근히 내 대답을 재촉하려는 소리처럼 들렸기 때문에 나는 "그래……"라고 하려던 대답조차 억누르고 눈짓으로만 응답했다.

오유키는 매일 밤 이 골목으로 들어오는 수많은 남자들을 접대하는 몸인데 무슨 까닭으로 나와 처음 만난 날의 일을 잊지 않고 있는지, 내게는 그것이 있을 수 없는 일처럼 생각되었다. 첫날을 회상한다는 것은 그때 일을 마음속으로 기뻐하고 있기 때문이라고 봐야 한다. 상대는 내 나이를 마흔 정도로 보고 있지만, 그렇다 하더라도 나는 이 동네 여자가 나 같은 늙은이에게 마음이 끌리거나 반하는, 또는 그와 비슷한 다정하고 따뜻한 감정을 느낄 수 있으리라고는 꿈에도 생각지 못했다.

내가 거의 매일 밤 뻔질나게 이곳을 드나든 것은 이미 몇 번 말했듯이 여러 가지 이유가 있기 때문이다. 창작하고 있는 작품 「실종」의 현장 답사. 라디오로부터의 도피. 긴자나 마루노우치 같은 수도의 주요 시가지에 대한 혐오. 다른 이유도 있지만 모두 여자에게 말할 만한 것은 아니다. 나는 오유키의 집을 단지 저녁 산책의 휴게소 정도로 삼고 있을 뿐이고, 이를 위한 방편의 하나로 입에서 나오는 대로 거짓말도 했다. 고의로 속일 생각은 아니었지만 처음부터 여자가 착각한 것을 바로잡지 않았고 오히려 신이 나 그 착각을 더욱 부풀리는 듯한 거동이나 이야기를 해서 신분을 속였다. 이 책임에서만큼은 벗어나지 못할지도 모른다.

나는 이 도쿄뿐만 아니라 서양에 대해서도 매춘의 세계를 빼고 다른 사회는 거의 아는 게 없다고 해도 과언이 아니다. 왜 그런지는 여기에서 말하고 싶지도 않고, 또 말할 필요도 없을 것이다. 만약 나라는 인물이 어떤 사람인지 알고 싶은 호기심 많은 사람이 있다면 내가 중년 무렵에 쓴 대화문 「정오가 지나서」, 만필 「첩의 집」, 소설 「못다 이룬 꿈」 같은 악문惡文을 일독하면 대강 짐작할 수 있을 것이다. 하지만 그 글들도 문장이 서투르고 장황하여 전편을 읽기는 번거로울 테니 여기에 「못다 이룬 꿈」의 한 대목을 발췌해본다. '그가 십 년을 하루같이 화류계에 출입할 기력이 있었던 것은, 결국 화류계가 부정不正, 암흑의 세계라는 것을 잘 알고 있었기 때문이다. 그러니까 만약 세상 사람들이 방탕한 사람을 충신, 효자처럼 기리고 칭찬했다면 그는 저택을 남에게 양도할지언정 그 칭찬의 목소리를 들으려고 하지 않았을 것이다. 정실들의 위선적 허영심, 공명한 사회에서 일어나는 사기 활동에 대한 의분이 바로 그가 처음부터 부정, 암흑이라고 알려진 다른 한쪽으로 달려가게 한 유일한 힘이었다. 즉 그는 새하얗다고 칭찬을 받는 벽 위에서 여러 가지 오점을 찾아내기보다는 내버려진 누더기 천조각에서 아름다운 자수의 흔적을 발견하고 기뻐했던 것이다. 정의의 궁전에도 이따금 새나 쥐의 똥이 떨어져 있는 것처럼, 악덕이라는 골짜기의 밑바닥에서 아름다운 인정의 꽃과 향기로운 눈물의 과실을 오히려 더 많이 따서 모을 수 있다.'

이 글을 읽은 사람은 내가 도랑의 냄새와 모깃소리 속에서 생활하는 여자들을 크게 꺼리거나 추하게 여기지 않고, 오히려 만나기 전부터 친근함을 느꼈다는 것만은 짐작할 수 있을 것이다.

나는 그녀들과 친하게 지내기 위해서—적어도 그녀들이 나를 멀리하지 않게 하려면 지금의 신분을 숨기는 편이 낫다고 생각했다. 그녀들이 나를 이런 곳에 오지 않아도 될 신분이라고 생각한다면 정말 괴로운 일이다. 그녀들의 박복한 생활을 연극이라도 보듯 내려다보며 즐거워하고 있다고 오해를 받는 일도 되도록 피하고 싶었다. 그러기 위해서는 신분을 감추는 것 말고는 다른 방도가 없다.

이미 이런 곳에 올 사람이 아니라는 말을 들은 적이 있다. 어느 날 밤, 개정 도로 변두리의 시영 버스 차고 주변에서 순사가 나를 불러 세워 심문한 적이 있었다. 나는 문학가라는 둥 저술업이라는 둥 스스로 직업을 알리기도 싫었고 남이 그렇게 생각하는 것은 더더욱 싫었기 때문에 순사의 질문에 언제나처럼 무직인 백수라고 대답하였다. 순사가 내 상의를 벗겨 소지품을 검사했는데, 주머니에는 평소 밤에

나다닐 때 불심검문에 걸릴 경우를 대비해 넣어둔 인감과 인감증명서, 호적등본이 들어 있었다. 그리고 지갑에는 다음날 아침 목수와 정원사와 고서점에 지불할 돈으로 현금 4, 5백 엔이 들어 있었다. 순사는 놀란 듯 갑자기 나를 자산가라고 부르며 말했다. "이런 사창굴은 당신 같은 자산가가 올 데가 아니야. 빨리 돌아가, 불상사가 일어날지도 모르니까. 오고 싶으면 돌아갔다가 다시 오게." 그는 내가 여전히 우물쭈물하는 것을 보고는 손을 들어 엔타쿠를 세워서 문까지 일부러 열어주었다.

나는 어쩔 수 없이 자동차를 타고 개정 도로에서 순환선을 따라 미로의 외곽을 한 바퀴 돈 다음 후시미 이나리 신사의 골목 어귀 근처에서 내린 적이 있다. 그후 나는 지도를 사서 길을 살펴 심야에는 파출소 앞을 지나지 않도록 주의했다.

나는 지금 오유키가 한탄하는 말투로 처음 만난 날의 일을 얘기한 것에 대해 대답할 말을 찾을 수 없어서 하다못해 담배 연기 속에 얼굴만이라도 감추고 싶다는 생각에 또다시 담배를 꺼내들었다. 오유키는 눈동자가 두드러지게 아름다운 눈으로 나를 가만히 응시하면서 말했다.

"당신, 정말 꼭 닮았어요. 그날 밤 뒷모습을 보고도 퍼뜩 생각났을 정도로……"

"그래? 닮은 사람이야 얼마든지 있지." 나는 아 다행이다, 하고 치밀어오르는 기분을 있는 힘껏 감추고 말했다. "누구와? 죽은 남편과 닮았나?"

"아니. 막 게이샤가 되었을 무렵…… 함께 살 수 없다면 죽으려고 했어요."

"홀딱 빠져버리면 누구나 한때는 그런 생각을 하지……"

"당신도? 당신 같은 사람은 그런 생각에 빠지지 않잖아요."

"냉정해 보이나? 하지만 사람은 겉보기와는 다른 법이니까. 그렇게 얕보지 말라고."

오유키는 한쪽 보조개를 드러내고 웃음만 지어 보일 뿐 아무 말도 하지 않았다. 아랫입술이 조금 튀어나온 입 오른쪽 가장자리에 저절로 깊게 팬 보조개 한쪽이 언제나 오유키의 용모를 처녀처럼 천진난만하게 만들어주었지만, 그날 밤만은 아무리 봐도 억지로 만들어낸 보조개처럼 이루 말할 수 없을 만큼 쓸쓸해 보였다. 나는 그런 분위기를 바꾸기 위해 말했다.

"또 이가 아픈 건가?"

"아니, 주사를 맞아서 이제 아무렇지도 않아요."

다시 대화가 끊어졌을 때 다행히도 단골손님으로 보이는 사람이 가게문을 두드렸다. 오유키는 벌떡 일어나 창밖으로 상반신을 내밀고 가리개용 판자 너머로 아래를 내려다보았다.

"어머 다케 씨, 어서 올라오세요."

나는 뛰어내려가는 오유키를 따라 내려와 한참 동안 변소에 몸을 숨겼다가 손님이 올라가고 난 뒤 소리나지 않게 조심하면서 밖으로 나왔다.

8

내릴 것 같던 소나기도 내릴 기색이 없고 계속 불씨를 살려둔 거실의 무더위와 모기떼가 무서워 밖으로 나왔지만, 돌아가기에는 조금 이른 듯하여 도랑을 따라서 골목을 빠져나와 널다리가 있는 바깥쪽 옆길로 나왔다. 연일緣日*을 맞은 장사꾼들이 양쪽으로 노점을 차려놓고 있었기 때문에 원래 자동차가 다니지 않는 폭이 좁은 도로가 더 좁아져 사람들은 북적대며 서로 밀치고 걷는다. 널다리 오른쪽은 모퉁이에 말고깃집이 있는 네거리다. 그 맞은편에는 조동종曹洞宗 도세이사東淸寺라고 새겨진 비석과 다마노이 이나리 신사의 도리이**와 공중전화가 서 있다. 나는 이나리 신사의 연일이 매달 2일과 20일이며 연일 밤에는 골목 바깥쪽만 붐비고 안쪽은 오히려 손님들의 발길이 줄기 때문에 이곳 여자들은 가난을 가져다주는 이나리라고 부른다는 오유키의 말이 떠올라 아직 한 번도 참배한 적이 없는 신사 쪽으로 인파에 섞여 가보았다.

지금까지 쓰는 걸 잊고 있었지만, 나는 매일 밤 이 번화가로 나가는 일이 몸과 마음 모두의 습관이 된 뒤부터 외출 복장을 이 근처 야시장을 돌아다니는 사람들의 풍속을 따라 평상시와 다르게 했다. 그다지 성가신 일은 아니다. 옷깃이 접히는 와이셔츠의 첫번째 단추를 풀고 넥타이를 매지 말 것, 양복 상의는 손에 들고 다닐 것, 모자는 쓰지 말 것, 머리카락은 빗질 한 번 안 한 것처럼 헝클어뜨릴 것, 되도록 무릎

---

* 신불을 공양하고 재를 올리는 날.

** 신사 입구에 세워 신역(神域)을 표시하는 두 기둥 문.

이나 엉덩이가 해질 만큼 낡은 바지를 입을 것, 구두 말고 낡은 나막신을 신되 뒤축이 닳은 것을 찾아 신을 것, 담배는 반드시 골든배트로 할 것 등등이다. 그러니까 그다지 어려운 일도 아니다. 즉 서재에 있을 때나 손님을 맞을 때의 옷은 벗고, 마당 청소나 대청소를 할 때 입는 옷으로 갈아입고서 하녀의 낡은 나막신을 빌려 신으면 된다.

낡은 바지에 낡은 나막신을 신고 낡은 손수건을 찾아 머리에 아주 촌스럽게 매고 나가면, 남쪽으로는 스나마치, 북쪽으로는 센주에서 가사이 가나마치까지 돌아다녀도 지나가다 돌아서서 얼굴을 쳐다보는 사람이 없다. 그 거리에 사는 사람이 물건이라도 사러 나온 것처럼 보이기 때문에 뒷골목이든 옆골목이든 안심하고 마음대로 들어갈 수 있다. 이 꼴사나운 차림새는 '단정치 못한 옷차림으로는 시원한 이층이런가' 라는 말처럼 도쿄 기후 중에서 특히 더위가 심한 계절에 최적이다. 이렇게 멍한 엔타쿠 운전수 같은 차림을 하고 있으면 길이든 전차 안이든 어디에라도 마음대로 가래침을 뱉을 수 있고 담배꽁초, 타다 만 성냥개비, 휴지, 바나나 껍질도 버릴 수 있다. 공원 벤치나 잔디에 큰대자로 누워 코를 골든 나니와부시를 부르든 제멋대로 해도 괜찮기 때문에, 단지 기후뿐만 아니라 도쿄 전체의 건축물과도 조화를 이루어 자못 번화한 도시의 시민다운 기분이 들었다.

여자들이 앗팟파*라고 부르는 속옷 한 장만 걸치고 집밖에 나와 돌아다니는 기묘한 풍습에 대해서는 친구 사토 요사이**의 문집에 있는 의견으로 대신하고 여기서는 이야기하지 않겠다.

---

* 1920~1930년대에 크게 유행한, 목면으로 만든 여성용 원피스.

** 시인이자 소설가인 사토 하루오.

나는 익숙지 않은 낡은 나막신을 맨발에 아무렇게나 신고 있던 터라, 뭔가에 걸리거나 사람들 발에 밟혀 다치지 않도록 조심하면서 인파 속을 걸어 맞은편 골목 막다른 곳에 있는 이나리 신사로 가 참배했다. 야시장은 이곳까지 이어져 있었고 신사 옆의 좀 넓은 공터에는 분재 가게에서 죽 늘어놓은 장미와 백합, 여름국화 등의 화분이 때아닌 화단을 이루고 있다. 도세이 사 본당을 건립할 때 자금을 기부한 사람들의 이름이 공터 한구석에 판자 울타리처럼 죽 걸려 있는 것을 보면, 이 절은 불이 난 적이 있거나 다마노이 이나리 신사처럼 다른 곳에서 옮겨왔는지도 모르겠다.

나는 패랭이꽃 화분을 하나 사서 다른 골목으로 빠져나와 원래 왔던 다이쇼 도로로 나왔다. 조금 걸어가자 오른쪽에 파출소가 있었다. 오늘밤은 차림새도 이 근처 사람들과 비슷하고 손에 화분도 들고 있어 괜찮을 것 같았지만 그래도 피하는 게 상책이라는 생각에 뒤로 되돌아가 모퉁이에 술집과 과일 가게가 있는 길로 돌아갔다.

이 길 한쪽에 죽 늘어선 상점 뒤쪽의 골목 일대는 이른바 제1부라고 이름 붙여진 미로다. 도랑은 오유키의 집이 있는 제2부를 관통해 제1부의 외진 길가에 돌연 나타나 나카지마야라는 포렴을 드리운 목욕탕 앞으로 흘러 허가지 바깥의 캄캄한 뒷골목 공동주택 사이로 사라진다. 옛날에 유곽 북쪽을 둘러싸고 있었던 오하구로 도랑보다 더 더러워 보이는 이 도랑도 데라지마마치가 아직 시골이었을 무렵에는 물풀 꽃에 잠자리가 앉아 노니는 맑은 시내였으리라는, 나 같은 노인에게는 어울리지 않는 감상적인 기분이 들었다. 이 거리에는 연일을 맞아 열린 노점들이 있었다. 규슈테이라고 적힌 네온사인이 밝게 빛나는 중국음식점 앞까지 오자 개정 도로를 달리는 자동차 불빛이 보이고 축음기 소리가 들린다.

화분이 꽤 무거웠기 때문에 개정 도로 쪽으로 가지 않고 규슈테이 앞 네거리에서 오른쪽으로 돌자 그 길 오른쪽에는 미로의 제1부와 제2부, 왼쪽에는 제3부의 한 구획이 숨어 있는 가장 번화하고 좁은 길이 나왔는데, 포목전도 부인용 양장점도 있었고 양식당도 있었다. 우체통도 서 있었다. 오유키가 머리를 매만지고 돌아오다 소나기를 만나 내 우산 밑으로 달려 들어온 곳이 분명 이 우체통 근처였다.

아까 오유키가 반농담처럼 감정의 일부분을 넌지시 내비쳤을 때 느꼈던 불안이 마음속에서 아직 사라지지 않은 듯……나는 오유키의 이력에 대해서는 거의 아는 바가 없다. 어딘가에서 게이샤를 했다고 하지만 나가우타*도 기요모토**도 모르는 것 같아 그마저도 확실하지 않다. 아무 정보도 없이 첫인상으로만 본다면 요시와라나 스사키 주변의 그다지 나쁘지 않은 집에 있던 여자 같다는 느낌이 들었는데 오히려 그쪽이 맞지 않을까싶다.

말투에는 지방 사투리가 조금도 섞여 있지 않지만, 얼굴 생김새와 고운 피부를 봐서는 도쿄 혹은 도쿄 근처의 여자는 아니라는 걸 알 수 있으니 먼 지방에서 도쿄로 이주해 온 사람들 사이에서 태어난 여자 같다. 성격은 쾌활하고 현재의 처지를 크게 슬퍼하는 것 같지도 않았다. 오히려 그런 처지에서 얻은 경험을 자본 삼아 앞으로 어떻게 처신할지 생각할 만큼 힘도 있고 재주와 지혜도 있는 듯하다. 내가 되는대

---

* 에도 시대 가부키의 반주곡으로 발전한 샤미센 음악.

** 에도 시대 가부키의 무용극 음악으로 유행한 샤미센 음악.

로 하는 말마저 의심하지 않고 그대로 듣는 것을 보면 남자에 대한 감정도 아직은 완전히 삭막해지지는 않은 것이 확실하다. 내가 이렇게 생각하게 된 것만으로도, 긴자나 우에노 주변의 넓은 카페에서 오랫동안 일한 여급 등에 비해 오유키는 정직하고 순박하다고 볼 수 있다. 아직은 진실한 구석이 있다고 할 수 있을 것이다.

뜻밖에도 긴자 주변의 여급과 이곳의 여자를 비교한다면 내게는 후자가 더 사랑스럽고 함께 인정을 이야기할 수 있는 사람처럼 느껴졌다. 거리의 광경 역시 양쪽을 비교하면 후자가 외관의 아름다움을 천박하게 뽐내지도, 겉만 그럴듯하게 꾸미지도 않았기 때문에 불쾌감을 주는 일이 훨씬 적다. 두 곳 모두 길가에 노점상들이 늘어서 있지만 이곳에는 취객들이 삼삼오오 무리를 지어 돌아다니는 일도, 긴자에서는 드물지 않게 일어나는 유혈이 낭자한 싸움도 거의 볼 수 없다. 양복 차림이 잘 어울리는 곳이긴 하지만, 직업을 추측하기 어려울 만큼 인상이 좋지 않은 중년 남자들이 거리낌없이 어깨로 바람을 가르고, 지팡이를 휘두르고, 노래를 부르고, 지나는 여자에게 욕설을 해대며 걸어다니는 광경은 긴자 말고 다른 거리에서는 볼 수 없을 것이다. 그런데 일단 낡은 나막신에 낡은 바지를 입고 이 변두리에 오면 아무리 혼잡한 밤이라도 긴자 뒷골목을 걸을 때보다는 위험에 처할 염려가 없고 이쪽저쪽으로 길을 비켜줘야 하는 번거로움 또한 적다.

우체통이 서 있는 번화한 골목도 포목점 주변까지는 밝은 빛이 절정을 이루지만 그 뒤로는 점차 한적해져 쌀집, 채소 가게, 꼬칫집 정도만이 눈에 띄고, 목재상에 쌓여 있는 나무들이 보이는 곳까지 오면 여러 번 찾아와 익숙한 내 발걸음은 무의식적으로 자전거 보관소와 철물점 사이 골목 어귀로 향한다.

이 골목에서는 후시미 이나리 신사의 지저분한 깃발이 보이는데, 떠들며 구경만 하는 손님들도 여기까지는 생각이 미치지 않는지 다른 골목에 비해 사람들의 출입은 아주 적다. 이것을 다행으로 여기며 나는 언제나 이 골목으로 숨어들어가 대로 쪽으로 난 집 뒤뜰에 우거진 무화과나무와 도랑 옆 나무 울타리에 엉켜 있는 포도를 주변과 어울리지 않는 풍경이라고 곱씹으며 오유키의 집 창문을 엿보곤 했다.

아직 이층에 손님이 있는 듯 커튼에 그림자가 비쳤고 아래쪽 창문은 열린 채였다. 거리의 라디오 소리도 조금 전 그친 듯하여 나는 연일의 화분을 조용히 창문 안에 들여놓고 그날 밤은 그대로 시라히게 다리 쪽으로 발걸음을 옮겼다. 뒤에서 아사쿠사행 게이세이 버스가 달려왔지만 정류장이 있는 곳을 잘 몰랐기 때문에 시라히게 다리 쪽으로 계속 걸어갔고, 얼마 걷지 않아 길 앞에서 반짝이는 다리의 불빛을 발견했다.

*

올 초여름에 집필을 시작한 소설 「실종」을 오늘에 이르기까지 완성하지 못했다. 오늘밤 오유키가 "석 달이 되어가네"라고 말한 것을 생각하면, 집필을 시작한 날은 그보다 훨씬 전이다. 초고의 마지막 부분이 어느 날 밤 다네다 준페이가 셋방의 더위를 피해 동거하는 여급 스미코를 데리고 나와 시라히게 다리 위에서 시원한 바람을 쐬며 미래에 대해 이야기를 나누는 부분에서 끝났기 때문에, 나는 둑을 돌아가지 않고 곧바로 다리를 건너 난간에 몸을 기대보았다.

처음 「실종」의 줄거리를 생각했을 때는 스물네 살이 된 스미코와 쉰한 살이 된 다네다 두 사람이 손쉽게 정을 통하는 설정이었지만 글을 써나가다보니 왠지 부자연스러운 듯한 생각이 들어서 마침 찾아온 무더위와 더불어 그대로 손을 놓고 있었던 것이다.

그런데 지금 다리 난간에 기대 강 하류 공원에서 들려오는 민속무용의 음악 소리와 노랫소리를 들으며 좀전 오유키가 이층 창틀에 앉아 "석 달이 되어가네"라고 했을 때의 어조와 모습을 다시 생각해보니 스미코와 다네다의 정교情交는 결코 부자연스럽지 않다는 느낌이 든다. 작가가 멋대로 한 각색이라고 배척할 필요도 없다. 처음 설정을 중간에 바꾸는 게 오히려 좋지 않은 결과를 초래할 수도 있다는 생각이 들었다.

가미나리몬에서 엔타쿠를 타고 집으로 돌아와 여느 때처럼 세수를 하고 머리를 빗질해 다듬은 다음 곧바로 벼루 옆 향로에 향을 피웠다. 그리고 중단했던 초고의 마지막 부분을 다시 읽어본다.

"저기 보이는 저건 뭐야? 공장인가?"

"가스 회사라나 뭐라나. 옛날에는 저 주변 경치가 좋았다고 하더라고요. 소설에서 읽었어요."

"걸어가볼까? 아직 그렇게 늦지 않았어."

"저쪽으로 건너가면 바로 파출소가 있어요."

"그래? 그럼 되돌아가지. 마치 나쁜 짓을 하고 남의 눈을 피하는 것 같군."

"당신, 목소리……너무 커요."

"……"

"누가 듣고 있을지도 모르고……"

"그렇군. 세상 사람의 눈을 피해 사는 건 처음이라서 뭐라 표현할 수 없는, 어쩐지 잊을 수 없을 것 같은 기분이야."

"속세를 떠나 깊은 산중에 사는……"

"스미코, 난 어젯밤부터 갑자기 젊어진 느낌이야. 어젯밤을 보낸 것만으로도 사는 보람이 있는 것 같아."

"사람은 마음먹기 나름이에요. 비관하면 안 돼요."

"정말 그래. 하지만 누가 뭐래도 난 이제 젊지 않으니까. 곧 버림받겠지."

"또. 그런 건 생각할 필요 없다고 했잖아요. 나도 곧 서른이에요. 게다가 이미 하고 싶은 일은 해봤고, 이제부터는 좀더 착실히 돈을 벌어보고 싶어요."

"그럼 정말 꼬칫집을 해보려고?"

"내일 아침 데루코가 오면 계약금만이라도 건네주려고요. 그러니 당신 돈은 당분간 쓰지 말고 놔두세요. 어젯밤에도 말했듯이 그러는 게 좋겠어요."

"하지만……"

"아뇨. 그러는 게 좋아요. 당신이 돈을 갖고 있으면 안심이 되니까, 나는 가진 돈 전부로 권리든 뭐든 일시불로 사버릴 생각이에요. 어차피 살 거면 그게 득이에요."

"데루코라는 사람은 확실한 사람이야? 어쨌든 돈 문제니까."

"그건 걱정할 거 없어요. 그 아이는 부자니까. 애초에 다마노이 대저택 주인이라는 사람이 뒤를 봐주거든요."

"그건 또 누구야?"

"다마노이에 가게를 몇 개나 갖고 있는 사람이에요. 곧 일흔이에요. 정력가죠. 가끔 카페에 오던 손님이었어요."

"음."

"나보고도, 이왕 할 거면 꼬칫집보다는 차라리 그런 쪽 가게를 하라는 거예요. 가게 아가씨도 데루코가 주인한테 얘기해서 좋은 사람을 소개해준다고요. 하지만 그때는 나 혼자뿐이라 의논할 사람도 없었고 혼자서는 할 수도 없는 일이었기 때문에, 꼬칫집이나 매점처럼 혼자 할 수 있는 일이 좋겠다고 생각한 거예요."

"그래, 그래서 그 동네를 고른 거군."

"데루코는 어머니에게 돈놀이를 시키고 있어요."

"사업가네."

"약삭빠르긴 해도 사람을 속이거나 하지는 않을 거예요."

9

9월도 중순이었지만 더위는 조금도 물러날 줄 몰랐고 오히려 8월보다 심해진 듯했다. 발에 부딪히는 바람만이 때때로 가을다운 소리를 내지만 그마저도 저녁만 되면 뚝 멎어버리니, 마치 간사이 지방의 어느 도시에 있는 것처럼 밤이 깊어갈수록 점점 무더워지는 듯한 날들이 며칠이고 계속되었다.

초고를 쓰고 장서를 햇볕에 말리는 일로 생각보다 바빠 나는 사흘 정도 외출을 하지 않았다.

늦여름 한낮에 장서를 햇볕에 말리는 일과 바람 없는 초겨울 오후에 마당의 낙엽을 태우는 일은, 혼자 사는 내가 생활의 가장 큰 즐거움으로 삼는 일이다. 책을 말리는 일이 즐거운 것은, 오랫동안 높은 선반에 쌓아두었던 책들을 바라보고 처음 숙독했을 무렵을 회상하며 세월의 흐름과 취미의 변화를 생각할 기회가 되기 때문이다. 낙엽을 태우는 즐거움은 내 몸이 변화한 도시에 있다는 것을 잠시나마 잊게 해준다.

고서를 말리는 일만 가까스로 끝내고 저녁을 먹자마자 여느 때처럼 찢어진 바지에 낡은 나막신을 신고 밖으로 나오니 문기둥에 벌써 불이 들어와 있었다. 저녁 무렵의 더위에도 불구하고 해는 어느새 깜짝 놀랄 만큼 짧아졌다.

겨우 사흘밖에 안 되었지만 밖에 나오니 별 이유도 없이 가야 할 곳에 오랫동안 가지 않은 듯한 기분이 들어, 나는 조금이라도 길에서 보내는 시간을 줄여보려고 교바시의 전차 환승역에서 지하철을 탔다. 젊었을 때부터 유흥에 익숙한 몸이지만, 여자를 찾아가는 데 이렇게 조바심 나는 기분을 맛본 지는 이미 오래되어 삼십 년 안쪽으로는 처음이라 해도 결코 과장이 아니다. 가미나리몬에서부터 다시 엔타쿠를 타서 이윽고 언제나 같은 골목 어귀, 여느 때의 후시미 이나리 신사 앞에 이르렀다. 문득 보니 온통 더러웠던 봉납 깃발 네다섯 개가 전부 새것으로 바뀌어 빨간 것은 없어지고 하얀 것만 내걸려 있었다. 평소와 똑같은 도랑에 평소와 똑같은 무화과와 평소와 똑같은 포도, 그러나 그 무성하던 잎사귀도 조금은 줄어들어, 아무리 더위가 계속되고 있다 해도 가을은 세상으로부터 버려진 이 골목에까지 어느새 밤마다 깊어져가고 있음을 보여주었다.

늘 똑같은 창문으로 보이는 오유키의 얼굴도 오늘밤은 평소의 쓰부시시마다가 아니라 이초가에시*에 댕기를 틀어 맨 듯한, 모란이라고 부르는 모양으로 머리가 바뀌어 있어 나는 변한 모습을 이쪽에서 바라보고 이상하게 생각하면서 다가갔다. 오유키는 애가 타는 듯 문을 열면서 "당신"이라고 한마디 내지른 뒤 재빨리 소리를 낮춰 말했다.

"걱정했잖아요. 그래도 천만다행이네."

나는 처음에는 무슨 말인지 알 수 없어서 나막신도 벗지 않고 문턱에 걸터앉았다.

"신문에서 봤어요. 좀 다른 것 같아서 그럴 리 없다고 생각했지만 그래도 아주 걱정했다고."

"그래?" 드디어 짐작이 갔기 때문에 나도 재빨리 목소리를 낮춰 말했다. "난 그런 얼빠진 짓은 안 해. 언제나 조심하는걸."

"대체 어찌된 일이에요? 막상 보니 아무 일도 없는 모양이지만, 올 사람이 오지 않으면 왠지 이상하게 쓸쓸하거든."

"그래도 오유키는 변함없이 바쁘군."

"더울 때는 변변치 않아. 아무리 바쁘다고 해봐야."

"올해는 정말이지 더위가 끝이 없군." 그 순간, 오유키가 "잠깐, 가만있어봐"라고 하면서 내 이마에 앉은 모기를 손바닥으로 잡았다.

---

* 정수리에서 머리를 모아 좌우로 가른 뒤 반원형으로 틀어올린 머리 모양.

집안에는 모기가 이전보다 훨씬 많아진 듯했고 사람을 찌르는 침도 더욱 날카롭고 굵어진 듯했다. 오유키는 휴지로 내 이마와 자신의 손에 묻은 피를 닦고는 "이것 봐, 이런" 하고 말하며 휴지를 내게 보이고는 둥글게 뭉쳤다.

"이 모기들은 세밑에나 없어지겠지?"

"맞아요. 작년에는 오토리 신사의 제례* 때까지도 여전히 있었던 것 같아."

"역시 요시와라단보**인가?"라고 물었다가 시대가 변한 것을 깨닫고 다시 물었다. "이 주변에서도 요시와라 뒤쪽으로 가나?"

"네." 오유키는 짤랑짤랑 울리는 방울 소리를 듣고 자리에서 일어나 창가로 갔다.

"가네, 여기야. 뭘 멍하니 있고그래? 찹쌀경단 빙수 두 개하고…… 그리고 가는 김에 모기향 좀 사다줘. 착하기도 하지."

오유키는 그대로 창가에 앉아서 지나가는 구경꾼들이 놀리는 소리를 듣기도 하고 마찬가지로 그들을 놀리기도 했다. 그러는 사이사이 오사카 격자문 너머 방안에 있는 내게도 말을 걸었다. 얼음 가게 남자가 오래 기다리셨습니다, 하며 주문한 것을 가지고 왔다.

"저기, 찹쌀경단이라면 먹을 수 있죠? 오늘은 내가 한턱낼게."

"잘도 기억하고 있군. 그런 걸……"

"기억하지 그럼. 성의가 있으니까. 그러니 이제 바람 좀 그만 피워

---

* 매년 11월 유일(酉日)에는 오토리 신사에서 제례가 열린다.

* 1657년 큰 화재가 일어나 요시와라가 이전한 지역. 아사쿠사단보라고도 불렸으며, 논밭이 많은 지역이었다.

요."

"여기 오지 않으면 어디 다른 집에 간다고 생각하는 거야? 기가 막히는군."

"남자는 대개 그런걸."

"경단이 목에 걸리겠네. 먹는 동안만이라도 사이좋게 지내자고."

"몰라요." 오유키는 일부러 거칠게 소리를 내며 숟가락으로 수북이 담긴 얼음을 무너뜨렸다.

창 너머를 들여다보던 구경꾼이 말했다. "어이, 아가씨, 잘 먹네."

"하나 드리지. 자, 입 벌려봐요."

"청산가리 아니야? 죽기 싫은데."

"돈도 없는 주제에, 기가 막혀서."

"무슨 소리야? 도랑 모기 같은 창녀가." 이렇게 내뱉으며 남자가 지나가자 오유키도 지지 않고 말했다.

"에이, 쓰레기 같은 자식."

"하하하하." 뒤에서 걸어오던 다른 구경꾼이 웃으며 지나갔다.

오유키는 얼음을 한 숟가락 입에 넣고는 밖을 내다보면서 무의식적으로 "이봐요, 잠깐만요, 나리"라고 가락을 붙여 부르다가, 멈춰서 창을 들여다보는 사람이 있으면 응석 부리는 듯한 목소리로, "혼자? 어서 들어와. 첫 손님이니까. 자, 어서"라고 말을 걸어보곤 했다. 또 사람에 따라서는 자신 있다는 듯, "네, 상관없어요. 들어오셨다가 마음에 안 들면 그냥 가셔도 상관없답니다"라고 잠깐 이야기를 주고받다가, 결국 그 사람이 들어오지 않고 지나가버려도 특별히 실망하는 모습도 보이지 않고 문득 생각났다는 듯 녹은 얼음 속에서 몇 개 남은

찹쌀경단을 떠서 우물우물 먹거나 담배를 피우거나 했다.

나는 앞에서 오유키의 성격에 대해 이야기하며 쾌활한 여자라고 했고, 또 자신의 처지를 그다지 슬퍼하지 않는다고도 했다. 그것은 그저 오유키가 찢어진 부채로 소리나지 않게 모기를 쫓으면서 창가에 앉는, 그런 모습을 거실 한구석에 앉아 포렴 너머로 보면서 짐작한 것일 뿐이다. 이는 매우 피상적인 짐작에 불과할지도 모른다. 됨됨이의 한쪽 면을 본 것에 지나지 않을지도 모른다.

그러나 내 관찰이 결코 틀리지 않았다고 단언할 수 있는 이유가 여기 있다. 바로 오유키의 성격과 상관없이, 창밖으로 지나다니는 사람들과 집안의 오유키는 서로를 융화시키는 한줄기 실로 서로 이어져 있다는 점이다. 오유키가 쾌활한 여자이고 자신의 처지를 별로 슬퍼하지 않는 사람이라고 본 것이 만약 나의 잘못이라면, 그 잘못은 이 융화에서 비롯된 것이라고 변명하고 싶다. 창밖은 대중이다. 즉 세간世間이다. 집안은 한 개인이다. 그리고 이 둘 사이에는 특별히 대립하는 그 어떤 것도 없다. 무엇 때문일까? 오유키는 아직 젊다. 아직 세상의 일반적인 감정을 잃지 않았기 때문이다. 오유키는 창가에 앉아 있을 때는 자신의 몸을 천한 것으로 여기고 마음속에 따로 인격을 감춰둔다. 창밖을 지나는 사람들은 그 걸음을 이 골목에 들여놓으면서부터 가면을 벗고 긍지를 버리기 때문이다.

나는 젊었을 때부터 홍등가에 깊숙이 들어와 있었지만 지금도 그 부정함을 다 이해하지 못한다. 어떤 때는 상황에 얽매여 여자들이 원하는 대로 집에 들여 살림을 하게 한 적도 있었지만 모두 실패로 끝났다. 여자들은 일단 처지가 바뀌고 자신들의 신세가 천하지 않다고 여기게 되면 갑자기 변하여 가르칠 수 없을 만큼 게을러지거나 제어하기 어려울 정도로 사나워지기 때문이다.

오유키는 언제부터인가 내 힘에 기대어 처지를 바꿔보겠다는 마음을 갖게 되었다. 게으른 여자나 사나운 여자가 되려고 하는 것이다. 오유키가 인생의 후반부를 게으른 여자나 사나운 여자가 아니라 진정으로 행복한 가정의 한 사람이 되어 보내려면, 실패의 경험만 풍부한 내가 아니라 아직 앞길이 창창한 사람을 만나지 않으면 안 된다. 그러나 지금 이렇게 설명한다 하더라도 오유키는 결코 이해하지 못할 것이다. 오유키는 내 이중인격의 한쪽 면만 보고 있을 뿐이다. 오유키에게 그녀가 짐작하지 못한 내 다른 쪽 면을 드러내고 잘못을 일깨우기란 쉬운 일이다. 그것을 알면서도 여전히 주저한 것은 마음에 견딜 수 없는 바가 있었기 때문이다. 나를 두둔하려는 것은 아니다. 오유키가 스스로 그러한 오해를 깨달았을 때 크게 실망하고 크게 슬퍼하지 않을까 하는 점이 두려울 뿐이다.

오유키는 권태에 지친 내 마음에 우연히 과거의 그리운 환영을 떠올려준 뮤즈다. 만약 오유키의 마음이 내게 향하지 않았다면, 적어도 그러한 느낌이 들지 않았다면 오랫동안 책상 위에 놓여 있던 한 편의 초고는 틀림없이 벌써 찢어져버렸을 것이다. 오유키는 현실로부터 버려진 한 노작가가 아마 마지막으로 쓴 작품이 될 초고를 완성시킨 불가사의한 후원자다. 나는 그녀의 얼굴을 볼 때마다 진심으로 감사의 마음을 전하고 싶었다. 결과만 두고 말한다면 나는 삶의 경험이 부족한 그녀를 속이고 그 몸뿐만 아니라 진정마저도 농락한 셈이니. 용서받기 어려울 이 죄를 사과하고 싶다고 마음속으로 생각하지만 그럴 수 없는 사정이 슬플 뿐이다.

그날 밤, 오유키가 창가에서 한 말 때문에 내 안타까움은 더욱 깊어졌다. 그녀의 얼굴을 더는 보지 않는 것이 지금이라도 끝낼 수 있는 가장 좋은 방법이다. 지금쯤이라면 오유키의 마음에 그렇게 큰 슬픔과 실망을 심어주지 않고도 끝낼 수 있을 것이다. 나는 오유키에게 아직 본명도, 살아온 내력도 묻지 않았고 그녀도 이를 털어놓을 기회가 없었다. 오늘밤쯤이 넌지시 이별을 고할 갈림길일 것이고 만약 이 시기를 넘겨버리면 돌이킬 수 없는 슬픔을 맛보게 되리라는 기분이, 밤이 깊어갈수록 까닭도 없이 심해졌다.

때마침 갑자기 불기 시작한 바람이 대로에서 골목으로 흘러들어 이쪽저쪽 부딪히다가 작은 창을 통해 집안으로까지 들어와 방울이 달린 포렴의 끈을 흔들자, 그 소리에 뭔가에 쫓기는 듯한 이 기분이 한층 더 깊어지는 듯했다. 그 소리는 풍경을 파는 사람이 살창 밖을 지날 때 내는 소리와는 달리 이 별천지 말고 다른 곳에서는 결코 들을 수 없을 것이다. 매일 밤 계속되는 더위 때문에 늦여름이 가을이 된 것도 지금까지 전혀 알아차리지 못했던 만큼, 길어진 가을밤도 드디어 깊어져가고 있음을 그 풍경 소리로 절감했다. 기분 탓인지 지나가는 사람들의 발소리도 조용한 가운데 또렷하게 들리고, 근처 창가에서 여자들이 재채기하는 소리도 들린다.

오유키는 창가에서 일어나 거실로 와서 담배에 불을 붙이며 막 생각났다는 듯이 말했다.

"저기요, 내일 일찍 오지 않을래요?"

"일찍이라면, 저녁때?"

"더 빨리요. 내일은 화요일이니까 진찰받는 날이거든요. 열한시에 끝나니까 같이 아사쿠사에 안 갈래요? 네시쯤까지 돌아오면 되는데."

나는 가도 될까 하고 생각했다. 넌지시 이별의 잔을 나누기 위해 가고 싶은 마음이 들었지만 신문기자나 문학가들에게 발각되면 또다시 비난을 받을 수 있다는 걱정도 있었다.

"공원은 좀 거북스러운데. 뭐 살 거라도 있어?"

"시계도 사고 싶고, 곧 겹옷도 입어야 하니까요."

"덥다 덥다 한 지가 엊그제 같은데 벌써 추분이네. 겹옷은 어느 정도나 하지? 가게에서 입을 거야?"

"응. 아무래도 30엔은 들겠죠."

"그 정도라면 나한테 있어. 혼자 가서 주문하고 와." 나는 지갑을 꺼냈다.

"어머, 정말이에요?"

"내키지 않나? 걱정할 거 없어."

나는 오유키가 뜻밖의 기쁨에 눈을 동그랗게 뜬 그 얼굴을 오랫동안 잊지 않으려 가만히 바라보면서 지갑에서 지폐를 꺼내 탁자 위에 올려놓았다.

문을 두드리는 소리와 더불어 주인 목소리가 들렸기 때문에 오유키는 무슨 말을 하려다가 그만 입을 다물고 좁은 허리띠 사이에 지폐를 숨겼다. 나는 벌떡 일어나 주인과 엇갈려 밖으로 나왔다.

후시미 이나리 신사 앞까지 오자 바람이 골목 안과 달리 대로에서 정면으로 불어와 갑자기 내 머리카락을 흐트러뜨렸다. 나는 이곳에 올 때 말고는 언제나 모자를 쓰는 습관이 있었기 때문에, 바람이 불어닥

쳤다는 생각과 동시에 한 손을 들어 머리를 만져보고서야 모자를 쓰지 않았다는 걸 깨닫고 나도 모르게 쓴웃음을 지었다. 봉납 깃발은 장대가 휠 만큼, 골목 어귀에 노점을 벌인 꼬칫집의 포렴과 더불어 갈기갈기 찢어져 날아갈 듯 펄럭이고 있다. 도랑 모퉁이에 있는 무화과나무와 포도 덩굴은 폐가의 그림자가 드리운 어둠 속에서 잎이 벌써 말라버린 듯 바스락바스락 소리를 낸다. 대로로 나오자 멀리 올려다보이는 하늘에 뜬 은하 그림자뿐만 아니라 총총한 별들의 맑은 빛이 별안간 말할 수 없는 외로움을 전해주는데, 인가 뒤쪽을 지나는 전차 소리와 경적이 강풍을 스치고 지나가며 한층 외로움을 더한다. 돌아가는 길을 시라히게 다리 쪽으로 잡을 때면, 언제나 스미다마치 우체국 부근이나 무코지마 활동사진 가설극장 근처에서 되는대로 옆길로 들어가 지저분한 뒷골목 사이를 우회하는 골목길을 더듬더듬 가다 결국 시라히게 신사 뒤쪽으로 나오곤 했다. 8월 말부터 9월 초에 걸쳐 때때로 밤에 소나기가 내리다 그치면 맑은 하늘에 밝은 달이 떠서 길도 밝고 옛 경치도 생각났기 때문에 나도 모르게 고토토이 언덕 부근까지 걸어가는 일도 많았지만 오늘밤은 달도 없다. 불어대는 강바람도 갑자기 쌀쌀해졌기 때문에 나는 지조자카 정류장에 도착하자마자 대합실 널빤지 벽과 지장보살상 사이로 들어가 몸을 움츠리고 바람을 피했다.

10

사오일이 지나자, 그날 밤을 끝으로 더는 가지 않을 마음으로 가을

용 겹옷을 살 돈까지 두고 왔음에도 불구하고 왠지 한번 더 가보고 싶다는 생각이 들었다. 오유키는 어떻게 지내고 있을까? 변함없이 창가에 앉아 있을 거라는 사실을 잘 알면서도 살며시 얼굴만이라도 보고 싶어서 참을 수가 없었다. 오유키가 알아채지 못하게 얼굴만, 모습만이라도 엿보고 오자. 그 근방을 한 바퀴 돌아보고 오면 옆집 라디오 소리도 그칠 무렵이 될 거라고 죄를 라디오에 떠넘기고, 나는 다시 스미다 강을 건너 동쪽으로 걸음을 옮겼다.

골목에 들어서기 전에 얼굴을 숨기기 위해 사냥용 모자를 사서, 들어가지도 않고 집적거리기만 하는 구경꾼들이 대여섯 명 모이기를 기다렸다가 그들 사이에 모습을 감추고서 도랑 맞은편에서 오유키의 집을 엿보았다. 오유키는 새로운 머리 모양을 원래의 쓰부시시마다로 바꾸고 여느 때처럼 창가에 앉아 있었다. 그러고 보니 지금까지 닫혀 있기만 했던 같은 건물 아래층의 오른쪽 창문에 오늘밤은 등불이 환하게 들어와 있고 마루마게를 한 얼굴이 불빛 속에서 움직이고 있다. 새로 고용된 기녀, 이 지역에서는 안내인이라고 부르는 사람이 온 것이다. 멀어서 잘 보이지는 않지만 오유키보다 나이도 더 들어 보이고 용모도 좋지는 않은 듯했다. 나는 오가는 사람들 사이에 섞여 다른 골목으로 돌아갔다.

여느 때와 마찬가지로 해가 진 뒤 갑자기 바람이 멎고 무더워진 탓인지, 그날 밤은 골목 안에 나들이 인파가 여름밤처럼 흘러넘쳐 길모퉁이에서는 몸을 옆으로 돌리지 않으면 지나갈 수 없을 정도였다. 나는 흘러내리는 땀과 답답함을 못 참고 출구를 찾아 자동차가 달리는 넓은 대로로 나왔다. 그리고 노점들이 늘어서 있지 않은 쪽 포장도로로 걸어 그냥 집에 돌아갈 생각으로 7번가 정류장에 서서 이마의 땀을 훔쳤다. 차고에서 겨우 1, 2백 미터쯤 떨어진 곳이기 때문에 텅 빈 시영 버스가 마치 나를 마중나온 듯 멈췄다. 포장도로에서 한 걸음 내디디려다가 갑자기 그냥 가기 아쉬운 마음이 들어 다시 어슬렁어슬렁 걷다보니 어느새 술집 앞 모퉁이에 우체통이 서 있는 6번가 정류장이다. 대여섯 사람이 이곳에서 차를 기다리고 있었다. 나는 이 정류장에서도 서너 대의 버스를 덧없이 보내면서 백양나무가 늘어서 있는 큰길과 옆 골목 사이 모퉁이의 넓은 공터 쪽을 그저 멍하니 바라보았다.

이 공터는 얼마 전까지만 해도 여름부터 가을까지 처음에는 곡마단, 다음에는 원숭이 공연단, 그다음에는 유령의 집이 매일 밤 축음기 소리를 떠들썩하게 울리는 곳이었는데 어느새 원래 모습으로 돌아와 있고 주변의 어둑한 등불 빛이 물웅덩이 표면에 비칠 뿐이었다. 어쨌든 오유키를 한번 더 찾아가 여행을 간다든가 하는 핑계를 대고 헤어지자. 어차피 찾지 않을 거라면 발길을 딱 끊어버리는 것보다는 그러는 편이 오유키로서도 두고두고 기분 나쁘지 않을 것이다. 할 수만 있다면 진짜 사정을 숨김없이 말해버리고 싶다. 나는 산책을 하고 싶어도 적당한 곳이 없다, 찾아가보고 싶은 사람들은 모두 먼저 저세상으로 가버렸다, 풍류현가風流絃歌 거리도 지금은 음악가와 무용가가 명성을 다투는 곳이지 노인이 차를 마시며 옛이야기를 하는 곳이 아니다, 나는 우연히 이 미로의 한구석에서 한나절 남는 시간을 덧없이 보내는 법을 알았다, 그렇게 알고 귀찮기도 하겠지만 이따금 놀러오면 기분좋게 맞아달라, 이렇게 늦게나마 알아듣게 설명하고 싶다…… 나는 다시 골목으로 들어가 오유키의 집 창으로 다가갔다.

"자, 어서 들어오세요." 말하는 모습과 어투를 통해 오유키는 올 사람이 왔다는 마음을 드러내 보였지만 여느 때처럼 아래층 거실로 안내하지 않고 앞장서서 계단을 올라가기에 나도 집안 모습을 살피며 말했다.

"주인이 있나보지?"

"네. 안주인도 함께……"

"새로운 사람이 왔군."

"밥 짓는 할멈도 왔어요."

"그래? 갑자기 시끌벅적해졌군."

"한참 동안 혼자 지내다 사람이 많아지니 꽤 번거롭네." 그러고는 갑자기 생각난 듯 말했다. "요전에는 고마웠어요."

"좋은 게 있던가?"

"네. 내일쯤이면 다 돼서 올 거예요. 속띠도 하나 샀어요. 이건 이제 질렸거든요. 나중에 밑에 내려가서 가지고 올게요."

오유키는 아래층으로 내려가 차를 가져왔다. 얼마간 창에 걸터앉아 이런저런 이야기를 나눴는데 주인 부부는 돌아갈 기색이 없다. 그러다 계단 출구에 설치된 초인종이 울린다. 단골손님이 왔다는 신호다.

오유키 혼자 있을 때와는 집안 모습이 완전히 달라져 오래 있을 수 없을 것 같았다. 오유키도 주인 앞이라 조심하는 듯하기에 나는 하려던 말도 못하고 삼십 분도 안 돼 집을 나섰다.

사오일이 지나 추분 무렵이었다. 날씨도 갑자기 변해 남풍에 먹구름이 하늘을 낮게 지나고, 굵은 빗방울은 돌팔매질을 하듯 세차게 쏟아붓다가는 금세 그친다. 밤새 한 번도 쉬지 않고 내리는 일도 있었다. 우리집 마당에서 자라던 색비름은 뿌리째 뽑혀 쓰러졌다. 싸리꽃은 잎과 더불어 떨어졌고, 이미 열매를 맺은 베고니아의 빨간 줄기는 커다란 잎이 떨어져 애처롭게 색이 바래버렸다. 빗물에 젖은 나뭇잎과 마른 가지로 어지러운 마당을, 아직 살아남은 쓰르라미와 귀뚜라미가 비가 그칠 때마다 슬퍼할 뿐이었다. 매년 가을바람과 가을비가 휩쓸고 간 마당을 볼 때마다 『홍루몽』에 나오는 '추창풍우석秋窓風雨夕'이라는 제목의 옛 시 한 편이 떠오른다.

가을꽃은 처량하고 가을 풀은 누렇나니
깊은 시름 등불 아래 가을밤은 길어라
가을 창가 너머는 아직도 가을인데
비바람 몰아치면 그 처량함 어이하랴
가을 저녁 비바람 어찌나 급히 몰아치는지
가을 창가 초록빛 꿈은 놀라서 부서지네

그러고는 매년 똑같이, 사실 불가능하다는 걸 잘 알면서도 어떻게든 멋있게 번역해보려고 고민하곤 한다.

비바람 속에 추분이 지나고 날씨가 활짝 개자, 9월도 얼마 남지 않았고, 이윽고 음력 8월 보름날 밤이 찾아왔다.

전날도 밤이 깊어진 뒤부터는 달이 좋았지만 보름날 당일 밤에는 일찍부터 구름 한 점 없어 밝은 달을 보았다.

오유키가 병들어 입원했다는 소식을 들은 것은 그날 밤이다. 창가에서 밥 짓는 할멈한테 들었을 뿐이라 무슨 병인지도 알 도리가 없었다.

10월이 되자 예년보다 일찍 추워졌다. 이미 지난 보름날 밤에도 다마노이 이나리 신사 앞 큰길에 있는 상점에, '여러분, 창호지를 새로 바를 때가 왔습니다. 서비스로 고급 풀을 드립니다'라고 적힌 종이가 내걸려 있지 않았나. 이제 맨발로 낡은 나막신을 질질 끌며 모자도 쓰지 않은 채 밤나들이를 할 계절은 지났다. 이웃집 라디오 소리도 닫힌 덧문에 막혀 그다지 괴롭지 않았기에 나는 집에서 그럭저럭 등불과 친해질 수 있었었다.

*

「강 동쪽의 기담」은 이제 그만 붓을 놓아야 할 것이다. 하지만 만약 고풍스러운 소설적 결말을 내려 한다면 반년 혹은 일 년쯤 뒤에 내가 우연히 뜻하지 않은 곳에서 이미 여염집 여자가 된 오유키를 만나는 장면을 하나 써넣으면 될 것이다. 또한 스쳐지나가는 자동차 혹은 열차 창문으로 서로 얼굴을 바라보면서 말을 건네고 싶어도 그럴 수 없는 장면으로 그린다면 이 우연한 해후가 더욱 감상적으로 완성될 것이다. 단풍잎 물억새꽃에 쓸쓸한 가을바람 불어오는* 도네가와 강 주변의 나룻배에서 스쳐지나는 장면이라면 특히 묘한 느낌을 줄 것이다.

나와 오유키는 서로의 본명도 주소도 모르는 채 헤어졌다. 그저 강

---

* 당나라 시인 백거이의 시 「비파행」에 나오는 구절.

동쪽 뒷골목, 모기가 기승을 부리는 도랑 옆 집에서 친해졌을 뿐이다. 한번 헤어지면 평생 서로 만날 기회도 수단도 없는 사이다. 가벼운 연애 장난이라고 해도 재회할 길이 없다는 것을 처음부터 뻔히 알고 있었던 이별의 정은, 억지로 말하려고 하면 과장으로 흐르고, 가볍게 써버리면 다 표현하지 못해 아쉬움이 남는다. 피에르 로티*의 유명한 책 『국화부인』의 결말에는 이러한 정서가 잘 묘사되어 있어 사람들의 남모르는 눈물을 끌어내는 힘이 있다. 내가 「강 동쪽의 기담」 한 편에 소설적 색채를 첨가하려 한다면 멋대로 로티의 글을 흉내내려다가 그에 미치지 못해 비웃음만 사는 꼴이 될지도 모른다.

특별한 이유는 없지만 나는 오유키가 도랑 옆 집에 머물며 싸구려 웃음을 파는 일을 아주 오래하지는 않을 것이라고 일찍부터 알고 있었다. 젊은 시절, 유곽 사정에 정통한 노인으로부터 이런 이야기를 들은 적이 있었다. 이만큼 마음에 드는 여자는 없다, 빨리 이야기를 마무르지 않으면 다른 손님에게 빼앗겨버릴지도 모른다는 생각이 들면, 그 여자는 반드시 병으로 죽든지 아니면 갑자기 좋아하지도 않는 남자가 몸값을 내고 먼 데로 데리고 가버린다. 아무 이유도 없는 근심은 이상하게도 잘 들어맞는다는 이야기다.

오유키는 그 동네 여자에게는 어울리지 않는 용모와 재주를 갖고 있었다. 군계일학이었다. 그러나 지금은 옛날과 시대가 다르니 병에 걸려도 죽지는 않을 것이다. 의리에 얽혀 생각지도 않은 사람에게 일생을 의탁하는 일도 없을 테고……

* 프랑스 소설가이자 해군 장교. 이국적이고 관능적인 작품을 남겼다.

지저분해 보이는 지붕이 빽빽이 이어진 집들. 오유키와 내가 비바람이 몰아치기 전 짓눌린 듯 답답한 하늘에 비치는 불빛을 바라보면서, 캄캄한 이층 창가에 기대 땀이 밴 손을 마주잡고 그저 수수께끼 같은 말을 주고받았을 때 돌연 번쩍 내리친 번개에 비친 옆얼굴. 그 광경은 지금도 여전히 생생하게 눈에 남아 사라지지 않는다. 나는 스무 살 무렵부터 연애의 유희에 탐닉했지만 이렇게 나이가 든 뒤 이처럼 어리석은 꿈을 이야기할 수밖에 없는 기분이 되리라곤 생각지도 못했다. 운명적인 사람을 야유하는 것 또한 심한 일이 아닌가. 초고의 뒷면에는 아직 여백이 몇 행 있다. 붓이 가는 대로 시인지 산문인지 모를 것을 써서 오늘밤의 슬픔을 달래보자.

여태 사라지지 않은 모기에 이마를 물려 흘러내린 피.
품속에 넣어둔 종이로
그대가 닦아서 버린 마당 구석.
색비름 한줄기 돋아났도다.
밤마다 내리는 서리가 차갑더니,
저물녘의 바람도 기다리지 않고,
쓰러져 죽어야 할 운명도 모르는 채
비단 같은 잎이 시들어가는데도
색을 더해가는 모습 애처롭구나.
아픈 나비는
상처 입은 날개로 비슬거리고,
철 지나 다시 꽃을 피웠다 의심받는 색비름

쓰러져 죽어야 할 그 잎의 그림자.
깃든 꿈도
이루어질 틈 없는 만추
황혼이 다가오는 마당 구석.
그대와 헤어져 나 홀로,
쓰러져 죽어야 할 색비름 한줄기와
나란히 서 있는 마음 어이하나.

작후췌언作後贅言

나는 무코지마 데라지마마치에 있는 유곽 견문기를 쓰고 '강 동쪽의 기담濹東綺譚'이라는 제목을 붙였다.

제목에 사용한 묵濹이라는 글자는 하야시 줏사이*가 스미다 강을 표현하기 위해 멋대로 만든 글자로, 그의 시집에는 '묵상어요濹上漁謠'라 제목을 붙인 시도 있다. 분카**시절의 일이다.

막부가 와해되자 나루시마 류호쿠***는 시타야 이즈미바시도리에 있는 하사받은 집을 떠나 무코지마 스사키무라에 있는 별장을 집으로 삼았고, 그뒤부터 그의 시문에는 묵濹이라는 글자가 자주 사용되었다. 그러면서 그 글자는 문인과 묵객墨客 사이에서 널리 사용되었지만,

* 에도 후기의 유학자.
** 일본 연호 중 하나. 1804~1818년.
*** 한시 작가, 수필가.

류호쿠가 세상을 떠난 뒤로는 다시 낯선 글자가 되었다.

오규 소라이*는 스미다 강을 조코澄江라고 쓴 듯하다. 덴메이** 무렵에는 스미다 강 제방을 가쓰하葛坡라고 쓴 시인도 있었다. 메이지 초기, 시문詩文의 유행이 절정에 달했을 무렵 오노 고잔***은 무코지마向島라는 지명이 기품이 없다며 음을 따서 무코슈夢香洲라는 이름을 생각해냈지만 그것도 오래지 않아 잊혀버렸다. 현재 무코지마의 화류가에는 무코소夢香莊라는 여관이 있다. 오노 고잔의 풍류를 따른 것인지 아닌지는 아직 확실히 말할 수 없다.

데라지마마치 5번가에서 6, 7번가에 걸친 좁고 경사진 지역은 시라히게 다리에서 동쪽으로 4, 5백 미터 떨어진 지점에 있다. 즉 스미다 강 제방 동북쪽에 있기 때문에 묵상濹上이라고 하기에는 조금 먼 듯한 느낌이 들었다. 따라서 나는 이곳을 묵동濹東이라고 부르기로 했다. 「강 동쪽의 기담」을 처음 탈고했을 때는 지명을 따서 '다마노이 이야기玉の井双紙'라고 제목을 붙였지만, 나중에 조금 생각한 바가 있어 지금 세상과는 인연이 먼 '묵'이라는 글자를 써서 일부러 운치 있게 치장해본 것이다.

십여 년 전 이노우에 아아를 잃고 작년 봄 고지로 소요 옹의 부음을 들은 이래, 내게는 소설 제목에 대해 의견을 물을 만한 사람이 아무도 없었고, 또한 허물없이 그런 이야기를 나눌 사람도 남지 않았다. 만약 소요 옹이 살아 있었다면 나는 「강 동쪽의 기담」을 탈고하자마자 곧

---

* 에도 시대 중기의 유학자.

** 일본 연호 중 하나. 1781~1789년.

*** 에도 후기부터 메이지 시대를 아우르는 유학자, 한시 작가.

바로 센다기마치의 집으로 달려가 한번 훑어봐달라 부탁했을 것이다. 왜냐하면 옹은 나 따위보다 훨씬 전부터 그 미로의 사정에 밝아 사람들에게 곧잘 그런 이야기를 했기 때문이다. 옹은 좌중의 이야기가 어쩌다 그 방면으로 흐르면, 우선 옆 사람에게 만년필을 빌리고 골든배트 담뱃갑을 비워 그 종이 뒷면에 시내에서 미로에 이르는 도로 지도를 그린 뒤, 골목의 출입구를 표시한 다음 그곳이 갈라져 어디에 이르며 다시 어디에서 만나는지를 설명했는데, 모든 길을 손바닥 들여다보듯 했다.

그 무렵 나는 거의 매일 밤 긴자 오하리초 네거리에서 옹을 만났다. 옹은 카페나 찻집에서 약속을 잡고 사람을 기다리지 않는다. 기다리던 사람이 오고 나서 이야기를 할 때가 되어서야 비로소 음식점 의자에 앉는다. 그전까지는 변화가 한구석에 서서 시간을 확인하며 만나기로 한 사람을 기다렸는데 예상과 달리 시간을 헛되이 낭비하게 되어도 결코 화를 내거나 슬퍼하지 않았다. 옹이 거리에서 서성거리는 것은 약속한 사람을 기다리기 위해서만은 아니었다. 오히려 그 틈을 이용하여 거리 광경을 바라보는 것을 좋아했기 때문이다. 옹이 생전에 나에게 자주 보여준 수첩에는 모년 모월 모일, 모처에서 본 일, 몇 시부터 몇시까지, 그사이 지나가는 여자가 대략 몇 명, 그중 양장 차림이 몇 명, 손님처럼 보이는 남자와 함께 지나간 여급 같은 여자가 몇 명, 거지, 걸립꾼이 몇 명 등과 같은 기록이 적혀 있었다. 거리 모퉁이나 카페 앞 나무 밑에서 사람을 기다리는 동안 연필을 재게 놀려 이러한 사항들을 적은 것이다.

올해 늦더위가 각별히 심했던 어느 날 밤, 다마노이 이나리 신사 앞

골목을 걷고 있는데 열일고여덟 살 정도로 보이는, 제법 용모도 좋은 걸립꾼이 꼬칫집인지 어딘지에서 샤미센을 안고 나와 "아저씨" 하고 친밀하게 부른 적이 있었다.

"아저씨, 이쪽으로도 놀러오세요?"

처음에는 전혀 몰라봤지만 송곳니를 드러내고 웃는 걸립꾼 여자아이의 입매를 보고 나는 문득 사오 년 전 긴자 뒷골목에서 소요 옹과 함께 이 여자아이와 이야기를 나눈 적이 있다는 것을 생각해냈다. 옹은 긴자에서 고마고메에 있는 집으로 돌아갈 때면 언제나 오하리초 네거리나 긴자 3번가의 마쓰야 앞에서 마지막 전차를 기다리며 같은 정류장에 서 있는 꽃장수, 점쟁이, 걸립꾼 등과 이야기를 나눴다. 차를 타고 나서도 상대가 피하지만 않으면 이야기를 계속했기 때문에 이 걸립꾼 여자아이와는 꽤 오래전부터 얼굴을 알고 지냈다.

이 걸립꾼은 내가 긴자의 뒷골목에서 이따금 보았을 무렵에는 아직 몸에 비해 큰 옷을 어깨 부분을 징거 짧게 줄여 입고 샤미센 대신 양손에 죽박*을 쥐고 있었다. 갈래머리로 묶은 머리와 검은 옷깃이 달린 소맷자락이 긴 기모노에 붉은 장식용 깃. 붉은 허리띠를 두르고 검게 칠한 나막신에 붉은색 끈을 단 모습은 기타유부시**를 하는 여자의 제자나 변두리 유곽의 어린 기생처럼 보였다. 갸름한 얼굴, 조숙한 용모에 목과 어깨가 호리호리한 몸매까지도 역시 그런 사람들 사이에서 흔히 볼 수 있는 전형적인 모습이었다. 그러니 성장 과정이나 성격

* 대나무 조각으로 만든 악기로, 양손에 두 개씩 쥐고 손을 폈다 오므렸다 하면서 소리를 낸다.

** 샤미센 반주에 가락을 붙여가며 하는 이야기.

또한 판에 박은 듯하리라는 것 역시 굳이 물어볼 필요가 없을 듯하다.

"아가씨가 다 됐군. 마치 게이샤 같아."

"호호호호, 이상하지 않아요?" 여자아이는 비녀를 시마다 밑부분에 고쳐 찔렀다.

"이상하긴. 너도 긴자에서 일을 배우지 않았어?"

"저, 이제 그쪽으로는 가지 않아요."

"이쪽이 나은가보지?"

"여기고 저기고 좋은 곳은 없어요. 하지만 긴자에서는 공치면 걸어서 돌아갈 수 없고, 어쩔 도리가 없으니까요."

"그때 야나기시마에 살았었지?"

"네, 지금은 우케지로 이사했어요."

"배고프지 않아?"

"아뇨, 아직 초저녁인걸."

긴자에서는 전차 요금을 준 적도 있었기 때문에 그날 밤은 팁으로 50전을 주고 헤어졌다. 그후 한 달쯤 지나 다시 길가에서 만난 적이 있었지만, 밤이슬도 차츰 차가워졌기 때문에 그 거리에 산책을 나가는 일도 점차 줄어들었다. 그러나 그 거리가 가장 번창하는 시기가 차가운 밤바람이 몸에 스며들 때부터라고 하니 그 여자아이도 요즘은 깊어가는 밤거리를 매일 돌아다니고 있을 것이다.

*

소요 옹과 내가 그 여자아이를 밤 깊은 긴자에서 처음 보았을 무렵과 올해 데라지마마치 길가에서 우연히 만났을 때를 비교해보면 어느새 오 년이라는 세월이 흘렀다. 그동안 생긴 시류의 변화와, 어린 기생 같던 이 여자아이가 징그지 않은 옷을 입게 되고 갈래머리가 얼룩무늬 천으로 묶은 시마다가 된 그런 변화는 같은 관점에서 볼 수 있는 것이 아니다. 죽박을 울리고 설법을 노래하던 여자아이가 샤미센을 연주하며 유행가를 부르는 아가씨가 된 것은, 장구벌레가 모기가 되고 숭어의 치어가 모쟁이가 되고 모쟁이가 숭어가 되는 것과 마찬가지로 자연스러운 진화다. 하지만 마르크스를 논하던 사람들이 주자학을 받들게 됐다면 그것은 진화한 게 아니라 완전히 다른 무언가로 바뀐 것이다. 전자는 헛된 것이 되고 후자가 홀연히 나타난 셈이다. 집게 껍데기 속에 집게가 아닌 다른 생물이 살고 있었던 것과 같은 이치다.

우리 도쿄의 서민들이 만주 들판에 풍운이 감돈다는 사실을 알게 된 것은 그 지난해인 1930~1931년 사이였다. 확실히 그해 가을 무렵, 나는 참새떼가 쇼콘사招魂社* 경내의 은행나무에서 사흘 내내 시끄러운 소리를 내고 있다는 이야기를 듣고 마지막날 아침 고지마치의 여자들과 함께 구경 간 적이 있었다. 또 그 지난해 여름에는 밤이 깊어 사람들이 없으면 아카사카 망루의 해자에 커다란 두꺼비가 나타나 비통한 소리를 내며 운다는 소문이 돌았고 한 신문사에서는 두꺼비를 잡은 사람에게 3백 엔을 상금으로 주겠다는 광고를 냈다. 그 때문에 그곳은 비가 내리는 밤이면 오히려 인파로 뒤덮였지만 상금을 받은 사람에 대한 이야기는 끝내 듣지 못했고 어느새 그 이야기도 연기처

* 야스쿠니 신사를 가리킨다.

럼 사라져버렸다.

참새떼를 본 그해 말 어느 날 오후, 나는 가사이무라에 있는 해변을 걷다 길을 잃었는데, 날이 저문 후라 등불을 이정표 삼아 헤매다가 가까스로 후나보리 다리의 위치를 확인하고는 전차를 두세 번 갈아타고 스사키의 시영 전차 종점에서 니혼바시 네거리로 온 적이 있었다. 후카가와의 어두운 거리를 지나는 전차에서 내려 시로키야 백화점 옆쪽으로 나오니 밝은 등불과 연말의 혼잡함, 라디오의 군가가 하나가 된 광경이 그날 낮부터 밤까지 인적이 끊긴 마른 갈대가 있는 해변을 헤매던 내 눈에 갑자기 괴상한 인상으로 비쳤다. 또다시 갈아탈 차를 기다리기 위해 시로키야 백화점 앞에 서 있으려니, 곳곳에 불길이 치솟은 노란 황야를 배경으로 모피 옷을 두른 병사 인형이 백화점 창에 여러 개 진열되어 있어 내 눈은 다시 놀라고 말았다. 거리 가득한 군중에게로 곧바로 눈길을 옮겨보니 매년 연말에 보는 것과 전혀 다를 바 없다는 듯, 일부러 멈춰 서서 야영하는 인형을 바라보는 사람은 없는 듯했다.

긴자 거리에 버드나무 묘목을 심고 양쪽 보도에 붉은 뼈대의 육각 가로등을 조화 사이에 늘어세우면서 거리가 마치 시골 순회연극 속 나카노초 같은 광경을 하기 시작한 것은 다음해 4월 무렵이었다. 나는 긴자에 붉은 뼈대의 육각 가로등이 세워지고 아카사카 저수지의 푸줏간 난간이 붉게 칠해진 것을 보고 도시 사람들의 취향이 얼마나 저급해졌는지를 알았다. 가스미가세키의 의거*가 세상을 뒤흔든 것은

* 1932년 5월 15일 해군 청년 장교를 중심으로 일어난 총리대신 암살 사건.

버드나무 축제 다음달이었다. 마침 그날 저녁 나는 긴자 거리를 돌아다니고 있었기 때문에 이 사건을 보도한 호외 중에서 〈요미우리 신문〉이 가장 빨랐고 〈아사히 신문〉이 그다음이었다는 사실을 목격했다. 날씨가 좋았고 일요일이라 그날 저녁 긴자 거리는 나들이 인파로 뒤덮였지만 전봇대에 붙은 호외를 보고도 누구도 특별한 표정을 얼굴에 드러내지 않았을 뿐만 아니라, 그것에 관해 한마디라도 이야기하는 사람도 없었다. 그저 노점 상인이 쉴새없이 장난감 무기의 태엽을 감고 권총 모양의 물총을 난사할 뿐이었다.

소요 옹이 낡은 모자를 쓰고 닛코 나막신을 신은 차림으로 매일 밤 오하리초 미쓰코시 백화점 앞에 나타나기 시작한 것은 그 무렵부터였다. 긴자 거리 안팎을 가리지 않고 퍼져 있던 카페가 가장 번창한 동시에 가장 문란한 쪽으로 흐른 때도, 지금 돌아보면 1932년 여름부터 그다음해에 걸쳐서였다. 어느 카페에서나 여급 두세 명을 가게 입구에 세우고 지나가는 사람들을 불러들이게 했다. 뒷골목 바에서 일하는 여자들은 반드시 두 명이 한 조를 이루어 대로를 돌아다니며 산책 나온 사람들의 소맷자락을 잡아끌거나 눈짓으로 유혹했다. 멈춰 서서 상점의 진열품을 보는 척하다 혼자 있는 남자 손님을 보면 말을 걸고 바싹 달라붙어 같이 차를 마시러 가자고 하는 이상한 여자들도 있었다. 백화점에서 판매원 외에 많은 여자들을 고용하여 수영복을 입히고 여자의 몸을 대중 앞에 드러낸 것도 분명 그해부터 시작된 일이다. 뒷골목 모퉁이마다 요요라고 부르는 장난감을 파는 계집애들을 늘 볼 수 있었다. 나는 젊은 여자들이 고용주의 명령에 따라 더러는 가게 앞에서 더러는 거리에서 자기 얼굴과 몸매를 드러내는 것을 부끄럽게 생각지도 않고, 개중에는 가끔 그것을 자랑스럽게 여기는 사람도 있다는 사실을 알고는 공창公娼이 부활했나 하는 생각마저 들었다. 그리고 어느 시대든 여자를 부리는 데는 변하지 않는 일정한 방법이 있음을 이해하게 된 듯한 기분이 들었다.

지하철은 이미 교바시의 북쪽 끝까지 뚫려서 땅속에 철봉을 박아넣는 기계 소리가 긴자 거리에 밤낮없이 진동했으며 인부들은 상점 처마밑 아무데서나 낮잠을 잤다.

쓰키시마 소학교의 여교사가 밤이 되면 긴자 1번가 뒤 라바선이라는 카페에 여급으로 나타나 매춘을 한데다 손님 머리맡에서 물건을 훔치다 잡힌 사건이 신문 지면을 떠들썩하게 했다. 그 역시 같은 해인 1932년 겨울의 일이었다.

*

내가 처음 소요 옹과 친교를 맺은 것은 1921년 무렵일 것이다. 그전에도 고서점 거리에 갈 때마다 만났기 때문에 언제부터인가 이야기를 주고받게 되었다. 그러나 그후에도 만나는 곳은 변함없이 고서점 앞이었고 나누는 이야기도 고서에 관한 것이어서, 1932년 여름 우연히 긴자 거리에서 만났을 때는 의외의 장소에서 의외의 사람을 본 듯한 기분이 들어 선 채로 몇 마디 이야기를 나누고 헤어졌다.

나는 1927~1928년부터 그 무렵까지 한때는 긴자에 가는 일이 거의 없었지만, 불면증이 나이와 더불어 심해지기도 했고, 자취하는 데 편리한 식료품도 사야 했고, 또 여름 내내 이웃집에서 들려오는 라디오 소리도 피하고 싶었기에 다시 긴자에 나가기 시작했다. 그렇지만 신문과 잡지의 비난이 걱정돼 뒷골목을 걸을 때도 사람들의 눈을 피했고, 맞은편에서 머리카락을 흐트러뜨린 남자가 서류 가방을 손에 들거나 신문, 잡지를 쥐고 걸어오는 모습이 보이면 옆 골목으로 돌아 들어가거나 전봇대 뒤에 숨거나 했다.

소요 옹은 언제나 하얀 버선에 닛코 나막신을 신고 있었다. 풍채를 얼핏 보기만 해도 그가 현대인이 아님을 곧바로 알 수 있었다. 그렇기에 내가 현대 문학가들을 피하는 이유를 설명하기도 전에 옹은 그것을 헤아리고 있었다. 내가 대로에 있는 카페에 가기를 피하는 사정도 잘 알고 있었다. 어느 날 밤 옹이 나를 데리고 니시긴자 뒷길에 있는 반사테이라는 한적한 찻집으로 가서는 당분간 그곳을 회합 장소로 하자고 말한 것도 내 사정을 알고 있었기 때문이다.

나는 한여름에 아무리 목이 말라도 얼음을 넣은 담수 외에는 차가운 것을 절대 먹지 않는다. 냉수도 되도록 피하고 여름에도 겨울처럼 뜨거운 차나 커피를 마신다. 아이스크림 같은 것은 일본에 돌아온 이후로 지금까지 한 번도 먹어본 적이 없기 때문에, 긴자를 거니는 사람 중에서 긴자의 아이스크림을 모르는 사람은 아마도 나 하나뿐일 것이다. 옹이 나를 반사테이로 데려간 것은 또한 이 때문이기도 했다.

긴자의 카페 중에 여름에도 뜨거운 차나 커피를 마실 수 있는 집은 거의 없다. 서양요리점 중에서조차 뜨거운 커피를 팔지 않는 가게가 있다. 홍차와 커피는 그 맛의 반이 향기에 있는데 얼음으로 차게 하면 향기가 완전히 날아가고 만다. 그런데 현대의 도쿄 사람들은 차게 하여 향기를 잃은 것이 아니면 마시질 않는다. 나 같은 고루한 사람이 보기에는 매우 기이한 풍속이다. 이 기이한 풍속은 1910년대 초까지는 유행하지 않았다.

홍차도 커피도 모두 서양 사람들이 가지고 온 것인데 서양 사람들은 지금도 차게 마시지 않는다. 이를 보면 홍차나 커피의 본성이 따뜻함에 있다는 것은 명백하다. 지금 일본의 풍속에 따라 차게 하는 것은 차가 지닌 본래의 특성을 파괴하는 일로서, 흡사 외국 소설이나 연극을 일본어로 번역하면서 지명이나 인명을 일본식으로 바꾸는 것과 비슷하다. 나는 사물의 본성에 흠을 내는 일을 슬퍼하는 경향이 있어서, 외국 문학을 외국 것 그대로 감상하고 싶어하고 음식 같은 것도 우리나라 사람들이 변화시킨 요리는 좋아하지 않는다.

반사테이는 오랫동안 남미의 식민지에서 일했던 규슈 출신의 주인이 커피를 팔기 위해 문을 연 가게로, 여름에도 따뜻한 커피를 팔았다. 그러나 주인은 소요 옹과 비슷한 때에 세상을 떠났고 그 가게도 문을 닫아 지금은 없다.

소요 옹과 함께 반사테이에 가면 좁은 가게 안은 덥고 파리가 많아서 가게 앞 가로수 아래에 내놓은 의자에 앉아 밤 열두시가 되어 가게 등불이 꺼질 때까지 꼼짝 않고 있었다. 집에 돌아가 잠자리에 들어도 잠이 오지 않으리라는 것을 알고 있었기에 열두시가 넘어서도 아직 갈 수 있는 곳이 있으면 권하는 대로 마다하지 않고 갔다. 옹은 나와 가로수 밑에 앉아 반사테이와 인접한 라인골트, 맞은편의 샹젤리제, 스컬, 오데사 같은 술집에 드나드는 손님의 수를 세어 수첩에 기록했다. 엔타쿠 운전수나 걸립꾼과 친해져 이야기를 나누기도 했다. 그런 일도 싫증나면 대로변에 물건을 사러 가거나 골목을 돌아다니다 돌아와서는 본 것들을 나에게 보고했다. 지금 어느 골목에서 무뢰한들이 서로 첫 대면해 인사를 주고받고 있다든지, 혹은 저쪽 강변에서 이상한 여자가 옷소매를 잡아끌었다든지, 전에 어느 가게에 있던 여급이 지금은 어느 가게의 주인이 되었다든지 하는 이야기들이었다. 데라지마마치의 옆 골목에서 나를 불러 세운 걸립꾼의 얼굴을 처음 알게 된 것도 틀림없이 이 가로수 밑에서였으리라.

나는 옹의 이야기를 통해 내가 겨우 서너 해 보지 못한 사이 긴자가 완전히 변해버린 사정을 대략 알게 되었다. 대지진 전 대로에 있었던 상점 중 원래 자리에서 같은 가게를 계속하고 있는 사람은 손에 꼽을 정도이고 지금은 모두 간사이 또는 규슈에서 온 사람들이 경영을 하고 있다. 뒷골목 곳곳에 복엇국이나 간사이 요리 간판이 내걸려 있고, 골목 모퉁이마다 포장마차가 많아진 것도 이상하게 여길 일이 아니었다. 지방에서 온 사람들이 많고 밖에서 음식을 먹는 사람들이 늘어났다는 사실은, 어느 음식점이나 모두 번창하고 있다는 점만 봐도 분명하다. 지방에서 온 사람들은 도쿄의 풍습을 모른다. 처음 내린 정거장의 구내식당, 또는 백화점 식당에서 보고 익힌 것이 모두 도쿄의 풍습이라고 굳게 믿고 있기 때문에, 단팥죽 간판을 내건 가게에 와서는 중국식 국수가 있는지 묻고, 메밀국수 가게에 들어가서 튀김을 주문했다가 거절당하고는 의아한 표정을 짓는 사람들이 적지 않다. 음식점 유리창에 음식물 모형을 진열해놓고 가격표까지 붙어두게 된 것도 분명 어쩔 수 없는 일이며, 그것 또한 본래는 오사카에서 시작된 것이라고 한다.

거리에 등불이 켜지고 축음기 소리가 들리기 시작하면 취기가 돈 남자들이 네다섯씩 패를 이루어 서로 팔을 어깨에 걸치고 허리를 끌어안고 대로며 골목이며 긴자 전체를 비틀비틀 떠돌아다닌다. 이것도 쇼와 시대 이후부터 새롭게 보이는 광경으로 대지진 후 카페가 막 생기기 시작했을 무렵에는 아직 볼 수 없었다. 나는 이 꼴사납고 버릇없는 행동이 어디에 기인하는지 자세히 밝힐 생각은 없지만 실례를 들어 깊이 생각해보면, 1927년에 처음으로 미타三田*의 서생書生들과 미타 출신의 신사들이 야구 구경을 하고 돌아가는 길에 떼를 지어 긴자거리에 들이닥친 사건을 빼놓을 수 없다. 그들은 취기가 올라 밤거리 노점의 상품을 짓밟아 뭉개고 카페에 난입하여 가게 안 시설뿐만 아니라 가옥에도 커다란 손해를 입히고 제지하려는 경찰들과 서로 싸우기까지 했다. 그리고 매년 이러한 폭행이 두 차례씩 반복되며 오늘날까지 이어지고 있다. 나는 학부형들 가운데 이 일에 크게 분개하여 자식을 퇴학시킨 사람이 있다는 얘기를 아직 듣지 못했다. 세상 사람들은 모두 서생의 폭행을 옳다고 인정하는 듯하다. 일찍이 나도 메이지, 다이쇼 교체기에 궁핍하여 부득이 미타에서 교편을 잡은 적이 있었지만 얼른 사직하고 떠난 게 다행이었다. 그 무렵 나는 경영자 중 한 사람으로부터 미타의 문학도 와세다 대학에 뒤지지 않도록 진력해주었으면 한다는 말을 듣고 그 어리석음에 눈살을 찌푸린 적도 있었다. 그들은 문학예술을 야구와 동일시하고 있었던 것이다.

나는 원래 패거리를 만들고 무리를 지어 그 위력을 빌려 뜻을 이루는 것을 바라지 않는 사람이다. 오히려 그것을 비겁한 짓으로 여기고

* 나가이 가후가 근무한 적이 있는 게이오 대학을 가리킨다.

배척한다. 나라를 다스리는 일은 삼가 논외로 하겠다. 나는 문예계에서 노닐고 있지만, 종종 결사를 하고 패거리를 만들어 자신에게 가담하는 사람은 천거하여 내세우고 가담하지 않는 사람은 누르는 행태를 보면 비겁하고 미천한 짓이라는 생각이 든다. 일례로, 일찍이 분게이슌주샤의 무리들이 쓰키지 소극장 무대에 자기네 패거리의 작품이 상연되지 않았다고 악의를 품고 오사나이 가오루*가 생각하는 극문학에 대한 해석이 잘못되었다고 치부한 일을 들 수 있을 것이다.

기러기는 하늘을 날아갈 때 열을 지어 자신을 지키는 데 열심이지만, 휘파람새는 깊은 골짜기에서 나와 교목으로 옮겨갈 때 무리를 짓지도 열을 만들지도 않는다. 그런데도 기러기는 사냥꾼의 포화에서 벗어날 수 없지 않은가? 결사가 반드시 몸을 지키는 길이라고 할 수는 없다.

부녀자들이 아양을 떠는 것에 대해 생각해봐도 역시 단결하면 안전하다고 생각하는 사람과 외롭지만 호방하게 슬퍼하지 않는 사람이 있다. 긴자 대로에 등불을 환하게 밝히는 카페를 성곽 삼아 아카구미와 시로구미라고 부르는 단체를 조직해 손님의 팁을 탐하는 여급 무리들이 있다. 보자기 꾸러미를 품에 안고 때로는 우산을 들고 야시장 인파에 섞여 남몰래 행인의 옷소매를 잡아당기는 여자는 독립한 거리의 창녀들이다. 이 둘은 겉모습이야 아주 다르지만 경찰에게 쫓기고 신상이 위험하다는 점에서는 아무런 차이도 없을 것이다.

---

* 극작가, 연출가, 소설가로 일본의 근대극 확립에 선구적인 역할을 했다.

*

1936년 올해 가을, 나는 데라지마마치에 가는 길에 아사쿠사 다리 근처에서 사람들이 꽃전차를 보려고 길가에 진을 치고 있는 모습을 보았다. 그러고 보니 손에 든 차표가 여느 때보다 크다는 생각이 들었는데 시영 전차 25주년 기념으로 만들어진 것이라 그랬나보다. 무슨 일이 있을 때마다 꽃전차라는 게 도쿄의 도로를 달린다. 지금으로부터 오 년 전 소요 옹과 니시긴자 반사테이에서 밤새우는 데 익숙해졌을 무렵, 아마 이미 추분도 지난 가을이었던 것 같다. 종업원으로부터 막 꽃전차가 긴자를 지나갔다는 소리를 들었다. 그리고 그날 밤의 꽃전차는 도쿄 부府에 속해 있던 도시들이 시로 편입된 것을 축하하기 위한 것이었다는 사실도 보고 온 사람으로부터 전해 들었다. 이보다 먼저, 아직 늦더위가 가시지 않았을 무렵 히비야 공원에서 도쿄 민속무용회라 불리는 공개 무용회가 열렸다는 사실을 역시 보고 온 사람에게서 전해 들은 적이 있었다.

도쿄 민속무용회는 군郡에 속해 있던 지역이 시내로 합병되어 도쿄시가 확장된 것을 축하하기 위해 열렸다고 들었지만 사실은 히비야 모퉁이에 있는 백화점 광고에 지나지 않았고, 그 백화점에서 단색 유카타를 사지 않으면 입장권을 손에 넣을 수 없었다고 한다. 그건 그렇다 쳐도 도쿄 시내 공원에서 여는 젊은 남녀의 무도 행사는 여태껏 한 번도 허가된 전례가 없다. 메이지 말기에는 지방 농촌의 봉오도리*마

* 음력 7월 보름 백중날 마을 사람들이 모여서 추는 춤.

저 현 지사의 명령으로 금지된 적이 있었다. 옛날 에도 시대에는 도쿄 고지대에 있는 무가武家 저택이 늘어선 거리에서만 시골에서 올라온 하인들이 봉오도리를 출 수 있었고, 일반 주민은 그 마을의 수호신 제례에만 온통 신경을 쓸 뿐 봉오도리를 추는 풍습은 없었다.

대지진 전 매일 밤 제국호텔에서 무도회가 열렸을 때 애국지사가 일본도를 휘두르며 장내에 난입해, 그뒤로 무도 행사가 중지되었다는 이야기를 들은 적이 있었다. 그래서 히비야 공원에서 열리는 도쿄 민속무용회 회장에서도 뭔가 소란이 일어나지는 않을까 내심 기대하고 있었지만 무용회는 아무 일도 없이 한 주간의 행사를 마쳤다.

"아무리 생각해도 의외의 일인데요." 나는 소요 옹을 돌아보며 말했다. 옹은 성긴 수염을 기른 입가에 미소를 지으며 말했다.

"민속무용과 무도는 다르기 때문이겠지요."

"하지만 남자와 여자가 한데 어울려 춤을 추는 거니까, 같은 것 아닌가요?"

"그건 그렇지만 무용회는 남자와 여자 모두 양장을 하지 않아요. 유카타를 입으니까 괜찮다는 거겠죠. 몸을 드러내지 않으니까 괜찮은 겁니다."

"그런가요? 하지만 몸을 드러내는 건 유카타 쪽이 더 심하지 않을까요? 여자의 양장은 가슴 쪽은 드러나지만 허리 아래부터는 괜찮잖아요. 유카타는 이와 반대고요."

"아니, 선생님처럼 그렇게 논리적으로만 따지면 뭐가 안 되지요. 대지진 무렵 한 야경단 남자가 양장을 하고 지나가는 여자를 심문했어요. 그때 뭔가 거슬리는 말을 했다면서 여자의 옷을 벗기고 신체검사를 했네 안 했네, 큰 소동이 있었지요. 야경단 남자도 양복을 입고 있었습니다. 그런데도 여자가 양장을 하는 건 마음에 안 든다고 하니 이치에 맞지 않지요."

"그러고 보니 대지진 무렵만 해도 여자가 양장을 하는 것은 드문 일이었지요. 지금은 이렇게 거리를 보고 있으면 지나가는 여자들의 반은 양장을 하고 있지만. 카페 타이거의 여급들도 이삼년 전부터 여름에는 양장을 많이들 하는 것 같아요."

"무단정치의 세상이 되면 여자들의 양장은 어떻게 될까요?"

"춤도 유카타라면 괜찮다는 식이니 양장은 유행하지 않을지도 모르지요. 하지만 요즘 여자들은 양장을 못한다고 일본옷을 맵시 있게 입을 것 같지는 않아요. 한번 무너져버리면 다시 성행할 수는 없으니까요. 연극도 그렇고 취미도 그렇지요. 문장도 그렇지 않습니까? 일단 무너져버리면 바로잡으려 해도 더는 그럴 수가 없어요."

"언문일치라 해도 오가이 선생의 작품 정도는 소리 내서 읽을 만한 가치가 있지요." 소요 옹은 안경을 벗고 두 눈을 감은 뒤『이자와 란켄』*의 마지막 구절을 읊었다. "나는 학식이 없음을 슬퍼한다. 상식이 없음을 슬퍼하지는 않는다. 천하는 상식이 풍부한 사람이 많은 것을 감당하지 못한다."

---

* 모리 오가이의 작품으로 에도 시대 후기의 의사이자 교육자인 이자와 란켄의 일대기.

*

이런 이야기를 나누고 있자니 밤도 의외로 빨리 깊어 그날은 핫토리 시계탑에서 울리는 열두시 종소리가 어쩐지 귀에 새롭게 들렸다.

고증벽이 강한 옹은 종소리를 듣자 대지진 전까지 하치칸초에 있었던 고바야시 시계점의 종소리가 1860년대 말에는 신바시 8경으로 꼽히기도 했다는 이야기를 하기 시작한다. 나는 1911~1912년 무렵 매일 밤 기생집 이층에서 여자가 돌아오기를 기다리면서 그 커다란 시계 소리에 귀를 귀울였던 일을 떠올렸다. 미키 아이카가 지은 소설 『게이샤세쓰요』* 등도 우리 두 사람 사이에서 자주 이야기되곤 했다.

이 시간이 되면 반사테이 앞 도로에 여급이나 취객을 태우려는 엔타쿠가 모여든다. 이 부근 술집 중에서 이름이 기억나는 곳은 반사테이 맞은편의 오데사, 스컬, 샹젤리제 그리고 이쪽 편의 물랭루즈, 실버슬리퍼, 라인골트 등이다. 반사테이와 여염집 사이 뒷골목에는 뤼팽, 스리시스터, 시라무렌 같은 이름의 술집들이 있었다. 지금도 여전히 있을지도 모른다.

핫토리의 종소리를 신호로 그 술집들이나 카페들이 일제히 밖의 등불을 끄기 때문에 거리는 갑자기 어둑해지고, 모여든 엔타쿠는 손님을 태우고 나서도 쓸데없이 경적만 울리다가 움직일 수 없을 정도로 혼잡한 가운데 운전수들끼리 싸움을 벌이기 시작한다. 그러다 순사의 모습이 보이기가 무섭게 한 대도 남김없이 도망쳐버리지만, 좀 있으

* 신문기자 미키 아이카가 지은 『신바시 8경 게이샤세쓰요』를 가리킨다.

면 다시 원래대로 그 주변 일대를 휘발유 냄새로 가득 채운다.

소요 옹은 언제나 골목으로 나와 뒷길에서 오하리초 네거리로 가서 이미 한 무리를 이룬 채 마지막 전차를 기다리고 있는 여급들과 함께 길가에 서 있다가 낯익은 얼굴이 있으면 상대가 성가셔하거나 말거나 커다란 목소리로 말을 건다. 옹은 매일 밤 거듭해서 견문을 넓힌 덕에 전차의 어느 선에 여급들이 가장 많이 타는지, 또 그 행선지는 변두리의 어느 방면이 가장 많은지를 잘 알고 있었다. 자랑스러운 듯 그 이야기에 탐닉하다 마지막 전차를 놓치는 일도 자주 있었지만, 그런 경우에도 옹은 그다지 놀라지 않고 오히려 다행이라 여기는 듯, “선생님, 조금 걷지 않으시겠습니까? 저기까지 배웅해드리지요”라고 말하곤 했다.

옹의 불우한 생애는, 돌아보면 기다리던 마지막 전차를 눈앞에서 놓치고도 낭패한 기색을 보이지 않았던 그의 태도와 매우 비슷하다는 생각이 든다. 옹은 고향에서 사범학교를 나와서 중년이 되어서야 도쿄로 와 해군성 문서과, 게이오기주쿠 대학 도서관, 잇세이도 출판사 편집부, 그 밖에 여기저기서 근무했지만 한자리에 오래 있지 않았고, 만년에는 오로지 문필 활동만 했지만 그마저도 대부분 실패로 끝났다. 그렇지만 옹은 크게 슬퍼하는 기색 없이 평생 한가롭게 대지진 이후의 시정 풍속을 관찰하는 것을 낙으로 삼았다. 옹과 교제하는 사람들은 그 느긋한 모습을 보고 고향에 자산이 있을 거라고 생각했지만 1935년 봄 갑자기 세상을 떠났을 때 보니, 그의 집에는 고서와 갑옷투구, 분재만 있을 뿐 저축은 한푼도 없었다.

그해 긴자 대로에서는 지하철 공사가 한창이었는데, 밤거리 노점이

사라질 무렵부터 굉음과 함께 인부들의 무시무시한 모습이 보이기 시작했기 때문에 옹과 나는 일단 오하리초의 모퉁이까지 느긋하게 산책하다가도 곧바로 뒷길로 방향을 틀어 자연스레 시바구치 쪽으로 향했다. 도바시 다리나 나니와 다리를 건너 철도성 노선의 철교를 빠져나가면 혈맹단*을 석방하라는 등 불온한 말들이 적힌 여러 가지 종이들이 어두운 벽면에 붙어 있었다. 그 밑에는 언제나 거지들이 자고 있었다. 철교 밑에서 나오면 길 한쪽으로 '영양의 대왕' 등의 간판을 걸고 네모난 수조에 뱀장어를 풀어놓고 낚싯바늘을 파는 노점이 사쿠라다 혼고초 네거리 근처까지 수없이 이어졌고, 카페에서 돌아가는 여급이며 근처의 건달 같은 남자들이 여럿 모여 있었다.

뒷길로 돌아가면 정류장 개찰구를 마주한 골목이 하나 있고 그 양쪽에 초밥집과 일품요릿집이 늘어서 있다. 그중에는 내가 아는 가게도 하나 있다. 포렴에 꼬치구이 긴베에라고 적어놓은 집인데 여주인이 이십여 년 전 내가 소주로초의 게이샤 집에서 지내던 무렵 맞은편 집에 있던 명기라 불리던 여자다. 긴베에를 연 것은 확실히 그해 봄 무렵인데 해마다 번창하여 지금은 실내를 개축해 몰라볼 만큼 변했다.

이 골목에는 대지진 후에도 손님에게 게이샤와의 유흥을 위한 방을 빌려주는 찻집이나 게이샤 집이 늘어서 있었지만 긴자 거리에 카페가 유행하기 시작하면서부터 점차 음식점이 많아졌는데, 한밤중에 철도성 전차를 이용하는 사람들과 카페에서 돌아가는 남녀를 겨냥해 대개 새벽 두시 무렵까지 불을 밝혀놓았다. 초밥집이 많아서 초밥 골목이

* 1930년대 초 국가 개조를 위해 정부의 주요 인물에 대한 테러를 계획, 실행한 우익 단체.

라고 부르는 사람도 있다.

나는 도쿄 사람들이 자정이 지나서까지 이집 저집 돌아다니며 술을 마시는 상황을 볼 때면 이 새로운 풍습이 언제부터 생겼는지를 생각하지 않을 수 없다.

대지진 전에는 요시와라 유곽 근처를 제외하고 도쿄 시내에서 자정이 지나서도 불을 끄지 않는 음식점은 메밀국숫집뿐이었다.

소요 옹은 내 질문에, 현대인이 야식의 즐거움을 알게 된 것은 철도성 전차가 운행 시간을 새벽 한시 이후까지 연장한 것과 시내를 1엔에 다니던 택시가 50전에서 30전까지 요금을 내린 것 때문이라고 대답하고는 여느 때처럼 안경을 벗고 작은 눈을 깜빡였다.

"이런 모습을 보면 일부 도덕가들은 크게 개탄하겠지요. 나는 술도 마시지 않고 비린내가 나는 음식도 싫어하기 때문에 아무래도 상관없지만, 만약 현대의 풍속을 바로잡고 싶다면 대중교통을 지금보다 불편하게 바꿔서 메이지 시대처럼 만들면 될 겁니다. 아니면 자정 넘어서는 엔타쿠 요금을 훨씬 비싸게 받으면 되겠지요. 그런데 밤이 깊으면 깊을수록 엔타쿠 요금은 낮 요금의 절반도 안 되지 않나요?"

"그러나 지금 세상은 이제까지의 도덕이나 그런 것으로 판단할 수가 없지요. 정력이 강해지는 현상이라고 생각하고 암살이든 간음이든 무슨 일이 일어나도 그렇게 눈살을 찌푸리지 않거든요. 정력이 강해지는 것은 욕망을 추구하는 정열이 강해진다는 의미입니다. 스포츠의 유행, 댄스의 유행, 여행이나 등산의 유행, 경마나 그 외 도박의 유행, 모두 욕망을 추구하는 현상이에요. 이 현상에는 현대 고유의 특징이 있습니다. 각자 자신이 타인보다 더 뛰어나다는 것을 다른 사람들에게 인식시키고 또 자신도 그렇게 믿고 싶어하는 마음입니다. 우월감을 느끼고 싶어하는 욕망이지요. 메이지 시대에 성장한 우리는 그런 마음이 없어요. 있다 하더라도 매우 작습니다. 이것이 다이쇼 시대에 성장한 현대인과 우리의 다른 점이죠."

엔타쿠가 경적을 울리는 길가에 서서는 오랫동안 이야기를 나누고 있을 수가 없어, 옹과 나는 마침 서너 명의 여급이 손님인 듯한 남자와 함께 맞은편 초밥집에 들어가는 것을 보고는 그 뒤를 따라 몸을 숙이고 포렴 안쪽으로 들어갔다. 현대인들이 어느 곳, 어떤 경우에든 얼마나 격렬하게 우월을 다투려고 하는지는 뒷골목 초밥집에서도 바로 볼 수 있다.

그들은 붐비는 가게 안에 들어서서 둘러보다가 곧 눈빛이 날카로워지더니 빈자리를 발견하자마자 사람들 사이를 헤집고 돌진한다. 음식을 주문할 때도 남보다 먼저 하려고 큰 소리를 지르고 탁자를 두드리고 지팡이로 바닥을 치며 종업원을 부른다. 그중에는 그마저도 기다리지 못하고 자리에서 일어나 주방을 들여다보며 요리사에게 직접 명령하는 이들도 있다. 이런 사람들은 일요일에 놀러나가서 기차 안 빈자리를 차지하기 위해 플랫폼에서 여자아이를 밀어 떨어뜨리는 일도 마다하지 않는다. 전장에서 창을 휘두르며 가장 먼저 적진으로 돌진하여 공을 세우는 것도 이런 사람들이다. 승객이 적은 전차 안에서도 이런 사람들은 무사 인형처럼 양다리를 한껏 벌리고 앉아 차지할 수 있는 만큼 자리를 차지하려 한다.

무슨 일에나 훈련이 필요하다. 그들은 우리처럼 걸어서 통학한 사람들과는 달리 소학교에 다닐 때부터 혼잡한 전차에 뛰어오르고 혼잡한 백화점이나 활동사진관 계단을 오르내리며 앞을 다투는 일에 아주 익숙해져 있다. 자신의 이름을 널리 알리기 위해서라면 학급 전체를 대표해 자진하여 당대의 대신이나 고위 관리에게 편지를 보내는 일도 전혀 두려워하지 않는다. 아이는 천진난만하기 때문에 무엇을 해도 괜찮다, 무엇을 해도 나무랄 이유가 없다, 하고 자기 스스로 해석한다. 이런 아이가 성장하면 남보다 먼저 학위를 받으려 하고, 남보다 먼저 직장을 구하려 하고, 남보다 먼저 부를 쌓으려 한다. 이러한 노력이 그들의 일생이며, 그 외에는 아무것도 없다.

엔타쿠 운전수도 역시 현대인 중 한 사람이다. 그 때문에 나는 마지막 전차가 끊겨 집에 돌아가기 위해 엔타쿠를 타려 할 때면 막연한 공포를 느끼지 않을 수 없다. 되도록 현대적 우월감에 젖은 것처럼 보이지 않는 운전수를 찾아야 한다. 굳이 그럴 필요가 없다면 앞차를 추월하려는 의욕이 없어 보이는 운전수를 찾지 않으면 안 된다. 만약 그 일을 게을리한다면 내 이름은 갑자기 다음날 신문의 교통사고 희생자 명단에 오를 것이다.

*

창밖에서 들려오는 사람들의 이야기 소리와 비질 소리에 여느 때보다 일찍 눈을 떴다. 이불 속에서 손을 뻗어 베갯머리에서 가까운 창의 휘장을 한쪽으로 젖혀보니 아침 햇살이 처마를 덮고 있는 모밀잣밤나무 잎을 비추고, 울타리 옆 감나무에 남아 있는 감은 한층 더 선명하게 비추고 있다. 비질하는 소리와 사람들의 목소리는 이웃집 하녀와 우리집 하녀가 울타리 너머로 이야기를 나누면서 각자 정원의 낙엽을 쓰는 소리였다. 마른 나뭇잎이 바스락거리는 소리가 여느 때보다 더 귀에 가까이 들린 것은 정원을 뒤덮은 낙엽을 두 집이 한꺼번에 쓸고 있었기 때문이다.

나는 매년 겨울 아침에 일어날 때 낙엽을 쓰는 소리와 비슷한 소리를 듣게 되면, 역시 매년 비슷하게 '늙은이의 근심은 낙엽과 같아서 쓸어도 다 쓸어낼 수 없도다. 우수수 낙엽 지는 소리에 또 이 가을도 보내네'라는 다치 류완*의 시구를 마음속에 떠올린다. 그날 아침에도 그 시구를 속으로 읊으면서 잠옷 차림으로 일어나 창가에 다가가 보니, 노래진 잎도 대부분 떨어져버린 절벽에 선 팽나무의 가지 끝에서 날카로운 때까치 소리가 들리고, 정원 구석에 핀 노란 털머위꽃에는 고추잠자리가 앉아 있었다. 수많은 고추잠자리가 투명한 날개를 반짝이면서 구름 한 점 없이 맑고 푸른 하늘을 높이 날고 있었다.

걸핏하면 흐렸던 11월의 날씨도 이삼일 전 쏟아진 비와 바람에 완전히 안정되었고 드디어 '일 년 중 경치가 가장 좋은 이때를 기억하라'고 소동파가 말한 음력 10월의 좋은 시절이 된 것이다. 지금까지 때때로 한두 줄기 실낱처럼 가늘게 들려오던 벌레 소리도 완전히 끊겨버렸다. 귓가에 들리는 소리는 모두 어제 들었던 소리와는 달라 올 가을은 흔적도 없이 지나가버렸다고 생각하니, 늦더위에 잠 못 들던 밤의 꿈도 시원한 달밤에 바라본 풍경도 어쩐지 먼 옛날 일인 것 같고……매년 보는 광경과 다르지 않다. 매년 변하지 않는 경치에 대해

* 에도 시대 후기의 한시인, 서예가. 나가이 가후는 그의 시를 대단히 좋아했다.

마음으로 느껴지는 감회도 또한 변함은 없다. 꽃이 지듯 잎이 떨어지듯 나와 가까웠던 그 사람들은 한 사람 한 사람 연달아 떠나버렸다. 나 또한 그 사람들과 마찬가지로 그 뒤를 좇아야 할 때가 그다지 멀지 않았다는 것을 안다. 맑게 갠 오늘, 그들의 무덤을 손보러 가야지. 낙엽은 우리집 정원과 마찬가지로 그 사람들의 무덤도 뒤덮고 있으리라.

스미다 강

1

하이카이* 시인 쇼후안 라게쓰는 이러저러한 일 탓에 올해는 백중맞이에 끝내 가지 못해서, 이마도에서 도키와즈**를 가르치는 친누이동생을 찾아가야겠다고 매일 생각하고 있었다. 하지만 불볕더위가 기승을 부리는 한낮에는 집에서 나갈 수 없어 저녁이 오기를 기다렸다. 저녁에는 대나무 울타리에 나팔꽃 덩굴이 엉켜 있는 부엌 출입구에서 대야에 물을 받아 간단히 몸을 씻은 뒤 발가벗은 채로 저녁 반주를 기울이고 나서야 밥상을 물렸다. 7월의 저녁놀도 이집 저집에서 피우는 모깃불 연기와 더불어 사라지면 어느새 밤이 오고, 분재를 죽 늘어놓고 발을 친 창문 밖 거리에서 나막신 소리, 직인職人들의 콧노래, 사람

* 일본의 전통 단형시.

** 일본 전통 음곡인 조루리의 한 유파, 주로 가부키의 반주 음악으로 쓰였다.

들의 이야기 소리가 떠들썩하게 들려오기 시작한다. 라게쓰는 바로 이마도에 갈 작정으로 격자문을 나서다가도, 그 근처 평상에서 누군가 말을 붙이면 그대로 걸터앉아 한잔 술에 거나해진 기분으로 사람들과 이야기를 나누곤 해서 늘 여덟시나 아홉시를 알리는 시계 소리를 듣고 나서야 깜짝 놀라곤 했다.

아침저녁으로 조금 시원하고 편하다 싶어졌을 때는 해가 아주 짧아져 있었다. 매일 아침 일어나서 볼 때마다 대나무 울타리에 핀 나팔꽃은 봉오리가 작아지고, 불타는 듯한 석양이 좁은 집안으로 들이비칠 때는 여기저기서 울어대는 매미 소리가 새삼 빠른 곡조로 들린다. 8월도 어느새 반이나 지나버렸기 때문에 대나무 울타리 너머 옥수수밭으로 스쳐지나가는 바람 소리가 밤이면 이따금 빗소리로 들렸다. 라게쓰는 젊은 시절 도락에 빠져 방탕한 생활을 한 여파로 계절이 바뀔 때면 뼈마디가 쑤셨기에 늘 남보다 먼저 가을이 오는 것을 느꼈다. 이러한 감각은 흐르는 물처럼 세월이 지나간다는 적막감을 아련하게나마 불러일으키는 한편, 속세를 벗어나 반쯤 앉아서 졸고 있는 사람의 마음에도 무언가 판단하기를 재촉한다. 라게쓰는 초여드렛날 무렵 저녁놀이 물든 하늘에 저녁달이 아직 새하얗게 떠 있을 즈음 고우메카와라마치에 있는 집에서 이마도를 향해 걷기 시작했다.

히키후네도리에 있는 수로를 따라가다 바로 왼쪽으로 꺾자, 그 동네 사람이 아니면 도저히 알 수 없을 만큼 꾸불꾸불한 골목길이 미메구리 이나리 신사 옆에서 무코지마 제방 쪽으로 나 있다. 작은길을 따라 논을 새로 매립하여 아직 세입자가 없는 임대 공동주택을 지어놓은 곳도 있다. 널따란 건물 밖으로 커다란 정원석이 나란히 놓인 정원

수 가게도 있고, 초라한 시골집이 드문드문 자리하고 있는 벽지 같은 곳도 있다. 대나무 울타리 사이로 저녁달 아래에서 대야에 물을 받아 몸을 씻는 여자들의 모습이 보이기도 했다. 라게쓰 선생은 아무리 나이를 먹어도 옛 기질은 그대로인지라 발견하고는 안 보는 척 잠깐 멈춰 섰지만 대부분 탐탁지 않은 부인들뿐이라 실망한 듯 발걸음을 재촉했다. 자신과는 아무 상관도 없는 임대 공동주택이라든가 토지 매매 푯말이 보일 때마다, 이번에는 이쪽으로 머리를 굴려서 가진 돈으로 뭔가 큰 돈벌이를 해보고 싶다는 생각이 들었다. 그러나 논으로 이어지는 골목길을 다시 걸으며 새파란 볏잎이 저녁 바람에 산들산들 흔들리고 연못에 아름다운 연꽃이 어우러져 만발한 모습을 보다보니 역시 직업병처럼 기억 속에 흩어져 있는 옛사람의 시구가 떠오르고 그런 게 훌륭한 거라며 마음을 고쳐먹게 됐다.

제방에 올랐을 때는 이미 새잎이 돋아난 벚나무 그림자가 어두워져 있었고 물 건너편 인가에는 불빛이 보였다. 불어대는 강바람 탓에 무더위에 노래진 벚나무 잎사귀가 우수수 떨어졌다. 쉬지 않고 계속 걸어서인지 더위에 절로 한숨이 나왔고 풀어 젖힌 가슴에 부채질을 하다가 아직 문을 닫지 않은 찻집을 발견하고 서둘러 들어가 앉았다. "여기, 찬 걸로 한 잔." 석양이 비치는 강 건너편 마쓰치야마*와 긴류잔**의 오층탑을 바라보다가 검은머리물떼새가 떴다 가라앉았다 하는 스미다 강 위로 돛단배가 지나가는 명소의 경치에 자극받아 에도 기질의 풍류심이 발동해, 꽃구경한들 술을 마시지 않으니 재미도 풍

* 아사쿠사에 있는 사원 혼류인을 가리킨다.
** 아사쿠사에 있는 사찰 센소 사를 가리킨다.

류도 없다며 선생은 갑자기 한잔 기울이고 싶어졌다.

라게쓰는 찻집 여주인이 두툼하고 바닥이 높은 컵에 따라 내온 술을 다 마시고는 그대로 대나무 가게의 나룻배를 탔다. 정확히 강 한복판을 지날 무렵부터 몸이 가만히 흔들리면서 점점 술이 올랐다. 벚나무 위로 비치기 시작한 초저녁 달빛이 정말 아름다웠다. 거침없는 만조의 강물은 "너는 어디로 가느냐"라는 유행가 가사처럼 제멋대로 기분좋게 흐르고 있었다. 선생은 눈을 감고 혼자 콧노래를 불렀다.

맞은편 강기슭에 다다르자 갑자기 생각난 듯 근처 과자 가게에 들러 선물을 사고는, 똑바로 걷는다고 생각했지만 사실은 상당히 비틀비틀거리며 이마도 다리를 건너 곧게 난 길을 걸었다.

이곳 명물인 이마도 질그릇을 파는 가게가 두어 집 보이는 것 말고는 비슷비슷해 보이는 변두리 골목에 인가가 나지막이 이어져 있었다. 처마밑에서 이야기를 나누며 바람을 쐬고 있는 사람들의 하얀 유카타가 어둑한 헌등軒燈 불빛에 도드라져 보일 뿐, 주변은 대체로 고요했고 어디선가 개 짖는 소리와 갓난아이 울음소리가 들려왔다. 하늘 높이 은하수가 선명하고 수목이 무성한 이마도 하치만 신사 앞까지 와서, 라게쓰는 줄지어 있는 헌등불 가운데 간테이류*로 도키와즈 모지토요라고 적힌 여동생 집 헌등을 발견했다. 집 앞에는 오가던 사람 두세 명이 자리에 서서 안에서 들려오는 노랫소리에 귀를 기울이고 있었다.

* 가부키 간판이나 프로그램 등에 주로 쓰이는 굵고 모 없는 서체.

이따금 쥐가 무시무시한 소리를 내며 지나다니는 천장에 매달린 유리가 부옇고 심지가 짧은 램프가, 여기저기 찢어진 곳을 각성제 광고나 〈미야코 신문〉의 신년부록 미인도 등으로 가린 장지문을 비롯해, 낡은 황갈색 장롱, 빗물이 스며들어 얼룩진 잿빛 벽 등 다다미 여덟 장 크기의 방 전체를 어두어둑 비추고 있다. 갈대발을 친 낡아빠진 장지문이 서 있는 툇마루 밖은 정원이 있는지 없는지 분간할 수 없을 만큼 캄캄하고, 처마끝 풍경과 더불어 벌레를 기르는 바구니 속에서 방울벌레가 가는 울음소리를 내고 있다. 선생인 오토요가 연일을 맞아 화분을 늘어놓고는 부동존* 족자를 걸어둔 도코노마**를 등지고 주저앉아, 무릎에 샤미센을 얹고 떡갈나무 술대로 이따금 앞머리 언저리를 긁으면서 입으로 박자를 맞추며 연주하면, 교본을 펼쳐놓은 작은 오동나무 책상을 가운데 두고 마주앉은 서른 살 안팎의 장사꾼 같은 남자는 중음中音으로 고이나와 한베에***의 사연을 노래한다.

"무슨 말을 하겠습니까, 이제 와서 오라비요 누이요 부르려야 부를 수도 없는 연인들은……"

라게쓰는 연습이 끝날 때까지 툇마루 근처에 앉아 쥘부채를 접었다 폈다 하며 아직 술이 다 깨지 않았는지 때로는 연습하는 남자를 따라 자신도 모르게 입속으로 노래를 부르고, 때로는 눈을 감고 거리낌없이 하품을 한 뒤 몸을 가볍게 좌우로 흔들며 오토요의 얼굴을 덤덤히

* 중앙을 지키며 악마를 굴복시키는 불교 팔대 명왕(明王)인 부동명왕의 존칭.

** 일본 건축물에서 객실 정면에 바닥을 한 층 높여 만들어놓은 곳.

*** 가부키의 등장인물들. 서로 사랑에 빠졌으나 뒤늦게 친오누이 관계라는 사실을 알게 되어 동반 자살한다.

바라보았다. 오토요도 벌써 마흔이 넘었다. 앙상해진 작은 몸집이 어둑한 램프 빛에 더욱 늙어 보여서, 문득 그녀가 옛날에는 훌륭한 전당포의 귀여운 규중 처녀였다는 것을 생각하자 라게쓰는 슬프다든가 쓸쓸하다든가 하는 현실적 감개를 넘어 그저 이상한 느낌이 들어서 견딜 수 없었다. 그 무렵에는 자신도 젊고 아름다워 여자들의 사랑도 받고 도락에도 빠져 결국 집안에서 영원히 내쳐졌지만, 지금은 그 무렵의 모든 일들이 사실이 아니라 단지 꿈인 것만 같다. 주판으로 머리를 때린 아버지, 울면서 타이르던 충실한 지배인, 전당포 분점을 받은 오토요의 남편, 그들은 화를 내기도 하고 웃기도 하고 울기도 하고 기뻐하기도 하면서 땀흘리고 싫증도 안 내며 열심히 일했지만, 다들 세상을 떠난 지금에 와서 보면 이 세상에 태어났든 태어나지 않았든 결국 같은 것이었다. 그나마 자신과 오토요가 살아 있는 동안은 그들이 기억 속에 남아 있겠지만, 머지않아 자신들도 죽어버리면 모조리 연기가 되어 흔적도 없이 사라져버리리라……

"오빠, 실은 이삼일 안에 제가 가려던 참이었어요." 오토요가 돌연 말을 꺼냈다.

연습을 하던 남자는 '고이나한베에'를 복습한 뒤 '오쓰마하치로베에'*의 앞부분을 두세 번 반복하고 돌아갔다. 라게쓰는 점잔을 빼고 바로 앉으며 부채로 무릎을 두드렸다.

"실은." 같은 말을 되풀이하고 오토요가 말했다. "고마고메에 있는 절이 도시 구역 개정으로 철거된대요. 그래서 돌아가신 아버지의 묘

---

* 하치로베에가 연인 오쓰마를 오해해 죽인 이야기를 각색한 조루리.

를 야나카인지 소메이인지 어딘지로 옮겨야만 한다네요. 사오일 전에 절에서 심부름꾼이 왔기에, 어찌할지 의논하러 갈까 생각하고 있었어요."

"그렇군." 라게쓰가 고개를 끄덕이며 말했다. "그런 일은 그냥 두면 안 되지. 몇 년이나 됐더라, 아버지가 돌아가신 지……"

라게쓰가 고개를 갸웃하며 생각했지만, 오토요는 여자인 자신보다 남자인 라게쓰가 문제를 척척 진행시켜서 소메이의 묘지 지대地代가 평당 얼마이고, 절에 낼 사례비가 어떻게 되는가 하는 만사를 떠맡아 처리해주었으면 했다.

라게쓰는 원래 고이시카와오모테마치의 사가미야라는 전당포의 장남이었는데 젊어서 의절을 당해 가업에서 손을 뗄 수밖에 없었다. 완고한 아버지가 돌아가신 뒤에는 오토요의 남편이 혼자서 사가미야의 영업을 계속했다. 그런데 유신 이래 세상이 변하여 차츰 가운이 기울어가던 바로 그때 화재가 일어나 전당포는 파산해버렸다. 그래서 풍류에만 빠져 있던 라게쓰는 어쩔 수 없이 하이카이를 지으며 생활하게 되었고, 그후 남편과 사별하는 불행까지 겪은 오토요는 옛날에 익힌 기예가 다행히 도움이 되어 도키와즈 선생으로 생계를 꾸리게 되었다. 오토요에게는 올해 열여덟 살 된 아들이 하나 있었다. 영락한 어미인 오토요에게 이 세상을 살아가는 낙이라고는 오직 아들 조키치가 출세하는 모습을 보는 것뿐이었으며, 장사꾼은 언제 실패할지 알 수 없다는 경험 때문에 식사 세 끼를 두 끼로 줄이더라도 장래에는 아이를 대학교에 보내 훌륭한 월급쟁이로 만들어야겠다는 생각뿐이다.

묘지에 관한 상담이 끝나고 나서 라게쓰가 식은 차를 비우면서 물었다. "조키치는 어때?"

그러자 오토요가 벌써 흐뭇한 듯이 대답했다. "학교는 지금 여름방학이지만, 놀려서는 안 될 것 같아 혼고까지 야학에 보내고 있어요."

"그럼 늦게 돌아오겠군."

"네. 늘 열시 넘어서 와요. 전차가 있지만 꽤 먼길이니까요."

"우리하고는 달리 요즘 젊은 사람들은 기특해." 라게쓰는 잠깐 말을 끊었다가 물었다. "중학생이지? 난 아이를 가져본 적이 없어서 요즘 학교에 대해서는 전혀 몰라. 대학교에 가려면 아직 한참 남았나?"

"내년에 졸업하고 나서 시험을 치르는 모양이에요. 대학교에 가기 전에 한번 더……큰 학교가 있어요." 오토요는 무엇이든 한마디로 설명해주고 싶어 조바심이 났지만, 역시 세상 돌아가는 일과는 거리가 먼 여자이기에 이내 말이 막혀버렸다.

"돈이 많이 들겠군."

"네, 여간 들어가는 게 아니에요. 여하튼 월사금만 매달 1엔, 책값도 시험 때마다 2, 3엔 넘게 들고, 게다가 여름, 겨울 모두 양복을 입혀야 하고, 구두도 일 년에 두 켤레는 필요하니까요."

오토요는 기세가 올라 고충을 한층 더 강조하려고 목소리에 힘을 넣어 이야기했지만, 그 이야기를 듣는 라게쓰는 그렇게까지 무리가 된다면 대학교에 보내지 않더라도 보다 조키치 신분에 걸맞은 입신 방법이 있지 않을까 생각했다. 그러나 입 밖에 낼 만한 말도 아니었기 때문에 다른 화제로 바꾸기를 바라던 차에, 조키치의 어린 시절 소꿉동무인 센베이 집 딸 오이토가 저절로 생각났다. 그 무렵 라게쓰는 오토요의 집에 가면 언제나 조카 조키치와 오이토를 데리고 오쿠야마나 사타켓바라에 기예 공연을 보러 가곤 했다.

"조키치가 열여덟이면 그 아이도 이제 어엿한 아가씨가 됐겠군. 여전히 노래를 배우러 오나?"

"우리집에는 오지 않지만, 이 앞 기네야* 댁에는 매일 다니고 있어요. 곧 요시초**에 나갈 거라더군요……" 오토요는 뭔가 생각하는 듯 말을 끊었다.

"요시초에 나간다고? 그 녀석 대단하군. 어릴 때부터 말하는 게 조숙했었지. 좋은 아이였어. 오늘밤에라도 놀러오면 좋을 텐데. 그렇지, 오토요?" 선생은 갑자기 기운이 났지만 오토요는 긴 담뱃대를 탁탁 털며 말했다.

"이전과 달리 조키치도 지금은 한창 공부할 때고……"

"하하하하. 불상사라도 생기면 곤란하다는 말이겠지? 지당한 말이야. 이 방면만은 절대 방심해선 안 돼."

"정말이에요, 오빠." 오토요는 고개를 길게 내뺐았다. "제 착각일지도 모르지만, 실은 아무리 생각해도 조키치의 모습이 걱정스러워죽겠어요."

"거봐, 그렇다니까." 라게쓰는 주먹으로 무릎을 쳤다. 오토요는 조키치와 오이토 사이를 단정할 수는 없었지만 왠지 모르게 걱정이 되었다. 왜냐하면 오이토는 매일 아침 나가우타를 배우고 돌아가는 길에 볼일도 없는데 반드시 이곳을 들러본다. 조키치도 꼭 그것을 기다리는 듯 그 시간만 되면 창가에서 한 발짝도 떠나지 않는다. 그뿐만

---

* 샤미센 음악의 하나인 나가우타의 작사, 작곡가를 일컫는 말.

** 도쿄 주오 구에 있던 대표적인 유곽 지역.

아니라 언젠가 오이토가 병으로 열흘쯤 앓아누워 있었을 때는 조키치가 남이 이상하게 여길 만큼 멍하니 있었다고 그간의 일을 숨도 쉬지 않고 말했다.

옆방 시계가 아홉시를 치기 시작했을 때 돌연 격자문이 드르륵 열렸다. 문이 열리는 소리를 듣고 오토요는 직감적으로 조키치가 돌아왔다는 것을 알았기에 갑자기 이야기를 끊고 그쪽을 돌아보면서 말했다.

"아주 일찍 온 것 같구나, 오늘밤은."

"선생님이 편찮으셔서 한 시간 빨리 마쳤어요."

"고우메 외삼촌이 오셨어."

대답은 들리지 않았지만 옆방에서 보따리를 내던지는 소리가 나더니 곧바로 조키치가 온순하고 연약해 보이는 하얀 얼굴을 장지문 사이로 드러냈다.

2

늦더위가 한동안 계속되어 한여름보다도 격렬한 석양이 넓디넓은 강수면 일대에 불타올랐고 특히 새하얗게 페인트칠 된 대학교 보트 창고의 판자벽에 강하게 되비쳤지만, 금세 등불빛이 사라져가듯 주변이 온통 회색으로 어둑하게 변해갔고 차오르는 저녁 바닷물 위를 미끄러져가는 화물선의 돛만이 유난히 새하얗게 보였다. 그러는 사이 초가을 황혼은 막을 내리듯 재빨리 밤으로 변했다. 흘러가는 물이 이상하리만큼 눈부시게 반짝반짝 빛나기 시작하고 그 위로 떠 있는 나룻배와 배에 탄 사람들의 머리 하나하나까지 수묵화처럼 검게 물들기 시작했다. 이쪽 강기슭에서 바라보니 제방 위에 길게 가로놓인 벚나무 숲은 무서울 만큼 캄캄했고, 한때는 재미있게 잇따라 움직이던 화물선은 어느새 한 척도 남김없이 상류 쪽으로 사라져버렸으며, 낚시하고 돌아가는 듯한 작은 배들만 곳곳에 나뭇잎처럼 떠 있을 뿐이었다. 멀리 바라보이는 스미다 강은 다시 넓디넓을 뿐만 아니라 조용하고 쓸쓸해졌다. 저멀리 상류 쪽 하늘에는 여름의 여운인 듯 뭉게구름이 일고 가느다란 번개가 끊임없이 번쩍이다 사라졌다.

조키치는 아까부터 혼자서 멍하니 이마도 다리 난간에 기대서 있거나 강가 돌담에서 대나무 집이 서 있는 나루터로 내려와보기도 하며, 석양에서 황혼, 황혼에서 밤으로 변해가는 강의 풍경을 바라보고 있었다. 오늘밤 날이 어두워져 사람들 얼굴이 잘 보이지 않을 때 이마도 다리 위에서 오이토와 만나기로 약속했기 때문이었다. 그러나 마침 일요일이어서 야학교 핑계를 댈 수도 없었기 때문에 저녁을 먹자마자 아직 해가 지지도 않았는데 휙 집을 나와버렸다. 한동안 나루터를 향해 서둘러 왔다갔다하던 사람들도 이제 몇 명 없고, 다리 밑에 정박한 화물선의 등불은 게이요 사의 키 큰 나무숲을 거꾸로 비추며 흐르는 산야보리 물 위로 아름답게 반짝였다. 출입구에 버드나무가 심긴 이층짜리 새집에서 샤미센 소리가 들려오고 나지막한 작은 집들의 격자문 밖으로 집주인들이 벌거벗은 채 수로를 따라 바람을 쐬러 나오기 시작했다. 조키치는 이제 올 시간이 된 것 같아 열심히 다리 쪽을 바라보았다.

가장 먼저 다리를 건너온 사람은 삼베 승복을 입은 스님이었다. 뒤

이어 옷 뒷자락을 허리띠에 끼우고 몸에 붙는 작업복 바지를 입은 차림에 고무신을 신은 도급업자인 듯한 남자가 지나가고 한참 뒤에 양산과 작은 꾸러미를 든 마른 부인이 굽 낮은 나막신을 신고 여자답지 않게 모래를 일으키며 성큼성큼 걸어갔다. 그러고는 아무리 기다려도 지나다니는 사람이 없었다. 조키치는 하는 수 없이 피로해진 눈을 강 쪽으로 옮겼다. 강수면은 대체로 아까보다 밝았고 으스스하던 뭉게구름은 흔적도 없었다. 조키치는 그때 조메이 사 근처 제방 위 나무숲에서 아마 음력 7월 보름달인 듯한 불그스름하고 커다란 달이 떠오르는 것을 보았다. 하늘이 거울같이 밝은 만큼 그것을 가린 제방과 나무숲은 더욱 어두웠고, 별은 초저녁 금성 하나만 보일 뿐 그 외에는 모조리 지나치게 밝은 하늘빛에 지워져 보이지 않았고, 가로로 길게 깔린 조각구름들이 은색으로 투명하게 빛나고 있었다. 순식간에 보름달이 나무숲에서 벗어나자, 밤이슬이 내려앉은 강기슭의 기와지붕이나 물에 젖은 말뚝, 만조로 흘러들어오는 돌담 아래의 수초 조각, 배의 옆구리, 대나무 장대 등이 금세 달빛에 푸르게 빛나기 시작했다. 곧 조키치는 자신의 그림자가 다리 널빤지 위에 점점 짙게 드리워진다는 것을 깨달았다. 마침 호카이부시*를 부르며 지나가던 두 남녀가 "어머, 달 좀 봐요"라고 말하며 한참 동안 멈춰 서 있다가 산야보리의 강가로 돌아 "서생이 다리 난간에 걸터앉아서—" 하며 작은 집들 앞에서 노래를 불렀지만, 돈이 되지 않을 것 같았는지 끝까지 다 부르지도 않고 원래의 빠른 걸음으로 요시와라 제방을 향해 가버렸다.

* 1890년대 초에 유행하던 노래.

조키치는 남몰래 만나는 연인이 언제나 겪는 여러 가지 걱정과 기다림에 지쳐 초조해진 마음 말고도 무엇인지 알 수 없는 일종의 비애를 느꼈다. 오이토와 자신의 미래……미래라기보다는 오늘밤 만나고 난 뒤 내일은 어찌될까 하는 것. 오늘밤 오이토는 전부터 이야기해두었던 요시초의 게이샤 집에 가서 의논을 하고 올 건데, 가는 길에 둘이 만나서 이야기나 하면서 걷자고 약속했던 것이다. 오이토가 정말 게이샤가 되어버리면 여태처럼 매일 만날 수 없을 뿐만 아니라, 만사가 다 끝날 거라는 생각이 들어 견딜 수가 없다. 돌아온다는 기약도 없이 자신이 알지 못하는 아주 먼 나라로 떠나버리는 듯한 느낌이 들어 참을 수가 없다. 오늘밤의 달은 잊을 수가 없다. 일생에 두 번 다시 볼 수 없을 달이라고 조키치는 절실하게 생각했다. 수많은 모든 기억들이 번갯불처럼 번뜩인다. 처음에 지카타마치에 있는 소학교에 갔을 무렵에는 매일같이 싸우며 놀았다. 이윽고 근처의 나무 울타리나 흙벽에 둘의 이름을 써놓은 낙서 때문에 모두한테서 놀림을 받았다. 고우메 외삼촌을 따라 오쿠야마의 기예 공연을 보러 가기도 하고 연못의 잉어에게 밀기울을 주기도 했다.

산자 마쓰리*가 열렸던 어느 해에 오이토는 이동무대로 나가 도조지**를 추었다. 마을 사람 모두가 조개 등을 캐려고 매년 타는 배 위에서도 오이토는 자주 춤을 추었다. 학교에서 돌아오는 길에는 매일같이 마쓰치야마 경내에서 만나 사람들이 모르는 산야 뒷골목에서 요시와라 논길을 걸었다…… 아, 오이토는 왜 게이샤 따위가 되려는 것

---

* 매년 5월 열리는 도쿄 아사쿠사 신사의 제례.
** 일본 기슈 지방의 도조지 설화를 소재로 한 무용.

일까? 게이샤 따위가 되어서는 안 된다고 말리고 싶다. 조키치는 무리를 해서라도 말려야겠다고 결심했지만, 곧바로 자신은 오이토에게 그런 말을 할 아무런 힘이 없다며 생각을 고쳐먹곤 했다. 덧없는 절망과 체념이 느껴졌다. 오이토는 조키치보다 두 살 아래로 열여섯이지만, 요즘 들어 조키치는 새삼스럽게 오이토가 훨씬 누나인 듯한 일종의 압박감을 나날이 느꼈다. 아니, 처음부터 오이토는 조키치보다 강했다. 조키치보다 훨씬 겁이 없었다. 둘의 이름이 적힌 낙서로 모두한테서 놀림을 당했을 때도 오이토는 꿈쩍도 하지 않았다. 태연한 얼굴로 조키치는 내 남편이라고 호통을 쳤다. 작년에 처음으로 학교에서 돌아오는 길에 마쓰치야마에서 기다리다 만나자고 제안한 것도 오이토였다. 미야토자*에 구경 가자는 말도 오이토가 먼저 했다. 귀가가 늦어져도 오이토는 오히려 걱정하지 않았다. 모르는 길을 헤매도 오이토는 갈 수 있는 데까지 가보자, 순사 아저씨한테 물어보면 알 수 있다, 하면서 도리어 재미있다는 듯 성큼성큼 걷곤 했다……

갑자기 주위에 신경쓰지 않고 다리 널빤지 위로 나막신 소리를 내며 오이토가 종종걸음으로 달려왔다.

"늦었지? 어머니가 묶은 머리는 마음에 들지 않아서." 오이토는 뛰느라 더욱 흐트러진 귀밑머리를 바로 고치고 말했다.

"이상하지?"

조키치는 그저 눈을 동그랗게 뜨고 오이토의 얼굴을 바라볼 뿐이었다. 여느 때와 변함없이 활기차게 떠드는 모습이 이런 때에는 오히려

---

* 1887년 도쿄 아사쿠사 공원 뒤에 개장한 작은 가부키 극장.

얄밉게 보였다. 조키치는 게이샤가 되어 먼 시타마치로 가버리는 것이 조금도 슬프지 않냐고 말하고도 싶었지만 가슴이 가득 메어와 입 밖으로는 나오지 않았다. 오이토는 강물을 비추는 구슬 같은 달빛에도 전혀 관심이 없는 듯한 모습이다.

"빨리 가자. 난 부자야, 오늘밤은. 상가에서 선물을 사가야 해." 오이토는 종종걸음으로 걷기 시작한다.

"내일 틀림없이 돌아오는 거야?" 조키치가 더듬거리며 물었다.

"내일이 아니더라도, 모레 아침에는 반드시 돌아올 거야. 평상복이라든가 여러 가지를 갖고 가야 하니까."

마쓰치야마 기슭에서 쇼텐초 쪽으로 나오기 위해 좁다란 골목을 빠져나왔다.

"왜 말이 없어? 무슨 일 있어?"

"모레 돌아와서 다시 그쪽으로 떠나버리면 오이토는 그렇게 그쪽 사람이 되어버리겠지. 이제 나와는 만날 수도 없을 거야."

"잠깐잠깐 놀러올게. 하지만 나도 열심히 배우고 연습하지 않으면 안 돼."

조금 목소리가 흐려졌지만 조키치가 만족할 만큼 충분히 슬프게 들리지는 않았다. 조키치가 한참 뒤에 돌연히 물었다.

"왜 게이샤 따위가 되려는 거야?"

"또 그런 걸 물어? 이상해, 조키치는."

오이토는 조키치가 이미 잘 아는 사정을 다시 장황하게 반복해서 말했다. 오이토가 게이샤가 되리라는 것은 조키치도 사오 년, 아니 그보다 훨씬 전부터 잘 알고 있었다. 목수였던 오이토의 아버지가 아직 살아 있을 무렵, 어머니가 부업으로 삯바느질을 했는데 단골손님 중 하시바에 있는 한 측실 마님이 오이토를 보고는 꼭 수양딸로 삼아 장래에 훌륭한 게이샤로 키우고 싶다고 제안한 것이 발단이었다. 마님의 집안은 요시초에서 세력 있는 게이샤 집안이었다. 그러나 그 무렵만 해도 오이토의 집은 그렇게 궁하지 않았고, 무엇보다 한창 귀여울 때 아이를 떼어놓기가 괴로웠기 때문에 부모 곁에 두고 힘껏 기예를 가르치기로 했다. 그후 아버지가 죽고 당장 의지할 데가 없어진 어머니가 하시바에 사는 마님의 도움으로 지금의 센베 가게를 차리게 되었고, 모든 일이 금전상의 의리뿐만 아니라 호의적인 관계 속에서 누가 억지로 강요하지 않고도 자연스레 진행돼 오이토는 요시초로 가게 된 것이다. 조키치는 자신도 충분히 아는 이런 사정을 오이토의 입으로 듣기 위해 물은 것이 아니었다. 어차피 가야 한다면 자신을 위해 이별을 아쉬워하는 듯 좀 슬픈 어조를 보여주었으면 했던 것이다. 조키치는 자신과 오이토 사이에 어느새 서로 통하지 않는 감정의 차이가 생기고 있다는 것을 분명히 깨닫고는 더욱 깊은 슬픔을 느꼈다.

오이토가 선물을 사기 위해 인왕문을 지나 상가로 나왔을 때 이 슬픔은 더욱 참기 힘들어졌다. 저녁 바람을 쐬러 나온 떠들썩한 나들이 인파 속에서 오이토가 갑자기 멈춰 서서 나란히 걷던 조키치의 소매를 당기며 말했다. "조키치, 나도 곧 저런 옷차림을 하겠지? 로치리멘*이 분명해, 저 하오리**……"

조키치가 그 말을 듣고 뒤돌아보자 머리를 시마다 모양으로 올린

---

* 바탕이 성기고 오글오글한 견직물.

** 기모노 위에 걸치는 덧옷.

게이샤와 검은 비단 예복을 입은 당당한 신사가 함께 걷고 있었다. 아, 오이토가 게이샤가 되면 저런 당당한 신사와 함께 손을 잡고 걷겠지. 나는 몇 년이 지나야 저런 신사가 될 수 있을까. 조키치는 허리띠 하나만 두른 지금의 서생 차림이 말로 표현할 수 없을 만큼 불쾌하게 생각되는 한편, 자신에게는 그러한 장래는커녕 이미 지금 오이토의 친구로 있을 자격조차 없는 것만 같았다.

마침내 초롱이 줄지어 내걸린 요시초 어귀에 다다르자, 조키치는 더는 덧없다든가 슬프다든가 하는 생각을 할 기운조차 잃어, 아주 깊숙이 이어지고 구부러져 앞길이 보이지 않는 좁고 어두운 골목을 이상하다는 듯 멍하니 들여다볼 뿐이었다.

"저, 하나, 둘, 셋……네번째 가스등이 내걸린 곳. 마쓰바야라고 쓰여 있지. 바로 저 집이야." 오이토는 종종 하시바의 마님을 따라오기도 하고 심부름을 오기도 해서 잘 아는 그 집 등불을 손가락으로 가리켰다.

"그럼 난 돌아갈게. 이제……" 말을 꺼내긴 했지만 조키치는 여전히 자리에 서 있었다. 오이토는 조키치의 소맷자락을 가볍게 잡고 갑자기 아양을 떨듯 바싹 달라붙어 말했다.

"내일이나 모레, 집에 돌아왔을 때 꼭 만나자. 괜찮지? 꼭이야. 약속해. 우리집으로 와. 괜찮지?"

"응."

오이토는 대답을 듣고서 완전히 안심한 듯 종종걸음으로 골목의 널빤지 길을 뒤도 돌아보지 않고 걸어갔다. 조키치 귀에는 그 발소리가 서둘러 뛰어가는 것처럼 들렸고, 이런저런 생각을 할 틈도 없이 격자문의 방울 소리가 딸랑딸랑 났다. 조키치는 자기도 모르게 뒤를 쫓아 골목 안으로 들어가려 했지만, 바로 그때 사람들의 목소리와 함께 가장 가까이에 있는 격자문이 열리고 가늘고 긴 대막대기에 초롱을 매달아 든 남자가 나오자, 별다른 이유도 없이 주눅이 들고 얼굴을 보여주기도 싫어져 쏜살같이 한길 쪽으로 벗어났다. 아주 작아져 푸르고 맑게 빛나는 둥근 달이, 뒷골목 창고 지붕 위로 조용히 솟아올라 별이 총총한 하늘 한가운데 높이 떠 있었다.

3

달이 뜨는 시간이 매일 밤 늦어지고 달빛은 점점 선명해졌다. 게다가 강바람의 습기가 점차 강하게 느껴졌고 유카타 속 살갗이 으슬으슬했다. 사람들이 일어나 있을 무렵에는 달이 뜨지 않게 되었다. 하늘에는 아침에도 오후에도 저녁에도 늘 구름이 많았다. 구름은 서로 포개져 끊임없이 움직였기 때문에, 가끔 그 사이사이로 유난히 짙푸른 하늘이 잠깐 보이다가도 이내 구름이 온 하늘을 덮어버렸다. 그러면 날씨는 무시무시하게 무더워지고, 저절로 배어 나오는 비지땀에 사람들의 피부는 불쾌하게 끈적끈적해졌고 그럴 때는 어김없이 세기와 방향이 일정하지 않은 바람이 갑자기 불어오고, 비도 내리다가 그치고 그쳤다가 다시 내리는 일이 반복되었다. 이 바람과 비는 특히나 심지가 깊은 힘을 품고 있어, 절의 수목이나 강기슭의 갈잎, 변두리에 늘어선 허름한 집들의 판자지붕에 봄이나 여름에는 결코 들을 수 없는 소리를 전해주었다. 해가 아주 빨리 져버리는 만큼 긴 밤은 곧 조용히 깊어가고, 여름이라면 저녁에 바람을 쐬는 사람들의 나막신 소리에 잘 들리지 않았을 여덟시인지 아홉시를 알리는 종소리에 마치 밤 열두시인 듯 주변이 고요해진다. 귀뚜라미 소리는 부산하다. 등불 빛깔은 묘하게 맑다. 가을. 아, 가을이다. 조키치는 비로소 가을은 정말로 싫은 계절이다, 실로 쓸쓸하여 견딜 수 없는 계절이다, 하고 온몸으로 절실히 느꼈다.

학교는 이미 어제부터 시작되었다. 아침 일찍 어머니가 준비해준 도시락을 책과 함께 싸들고 집을 나와보았지만 이틀째, 사흘째에는 그 먼 간다까지 걸어서 갈 기력을 잃고 말았다. 지금까지는 매년 긴 여름방학이 끝날 무렵이면 학교 교실이 왠지 그립고 수업이 시작되는 날이 은근히 기다려졌지만 그런 앳되고 싱싱한 기분은 완전히 사라져버렸다. 보잘것없다. 학문 따위…… 학교는 내가 바라는 행복과는…… 그 행복과는 전혀 관계가 없음을 조키치는 새로이 느꼈다.

나흘째 날 아침, 조키치는 여느 때처럼 일곱시 전에 집을 나와 전차를 타기 위해 센소 사 경내까지 걸어와서는, 마치 지친 나그네가 길가의 돌에 걸터앉듯이 본당 옆쪽 벤치에 앉았다. 어느새 청소를 했는지 아침 이슬을 머금은 작은 자갈 위에는 내버려진 더러운 종잇조각 하나 없었으며, 이른 아침의 경내는 언제나처럼 화려한 만큼 아주 드넓어 보였고 숭고하고 조용한 분위기에 잠겨 있었다. 본당 복도에는 수상쩍은 남자들이 여기서 밤을 새운 듯 아직 몇 명 앉아 있었고, 그중에는 때에 전 홑옷의 짤막한 띠를 풀고 태연히 훈도시*를 고쳐 매는 놈도 있었다. 이 무렵 날씨의 특징을 잘 보여주듯이 잿빛 하늘은 내려

앉아 있었고, 주변 나무들은 벌레 먹은 푸른 나뭇잎들을 끊임없이 떨어뜨렸다. 까마귀나 닭 우는 소리, 비둘기가 날개 치는 소리가 상쾌하고 힘차게 들렸다. 흘러넘치는 물에 젖은 미타라시**의 돌도 바람에 날리는 수건 그늘 때문에 이제는 왠지 차가워진 느낌이었다. 그런 날씨에도 아랑곳하지 않고 아침 참배를 온 남녀는 본당 계단을 올라가기 전 둘 다 손을 씻기 위해 멈춰 섰다. 조키치는 우연히 그들 중에서 젊은 게이샤 한 명이 입에 복숭아색 손수건을 물고, 외겹 하오리의 소맷자락을 적시지 않으려는 듯 팔까지 보이도록 새하얀 손끝을 길게 뻗고 있는 것을 보았다. 동시에 바로 옆 벤치에 걸터앉은 두 서생이 "저것 봐, 게이샤다. 나쁘지 않은걸" 하고 말하는 소리도 귀에 들렸다.

시마다 머리 모양에 가녀린 양어깨가 완만하게 내려온 작은 몸집, 양쪽 입가가 야무진 둥근 얼굴, 열예닐곱쯤으로 보이는 나이 등이 순간 하마터면 벤치에서 뛰어오를 뻔할 만큼 오이토를 연상시켰다. 오이토는 달이 좋았던 그날 밤 약속한 대로 다다음날 앞으로 오랫동안 요시초 사람이 되려고 손짐을 가지러 돌아왔지만, 그때 조키치는 마치 다른 사람처럼 변해버린 오이토의 모습에 놀랐다. 붉은 모슬린 허리띠만 매고 있던 처녀가 단 하루 사이에 지금 미타라시에서 손을 씻고 있는 젊은 게이샤와 아주 비슷한 모습이 되어버린 것이었다. 약지에는 벌써 반지까지 끼고 있었다. 그럴 일도 없는데 몇 번이나 허리띠 사이에서 작은 거울이 든 지갑을 꺼내 백분을 고쳐 바르거나 흐트러진 귀밑머리를 쓸어올리곤 했다. 문밖에 인력거를 대기시켜놓고는 아

* 남자의 음부를 가리는 폭이 좁고 긴 천.

** 참배자들이 신불에 참배하기 전 신사 입구에서 입을 헹구고 손을 씻는 곳.

주 바쁘고 중요한 볼일이라도 있는 것처럼 한 시간 남짓 있다가 돌아가버렸다. 돌아가면서 조키치에게 남긴 마지막 말은 어머니인 '스승 아주머니'에게도 안부 전해달라는 것이었다. 언제 다시 나올지 알 수 없지만 가까운 시일 내 놀러오겠다는 정다운 목소리도 듣긴 했지만, 전처럼 천진난만한 약속이 아니라 세상 물정에 밝은 사람의 싹싹한 인사로밖에 들리지 않았다. 소녀였던 오이토, 소꿉동무 연인 오이토는 이제 이 세상에 없는 것이다. 길가에서 자던 개를 놀래주며 기세 좋게 달려가는 인력거 뒤로 감도는 화장 향기가 이루 말할 수 없이 얼마나 괴롭고 애달프게 온몸에 스며들었는지……

본당 안으로 사라졌던 젊은 게이샤가 다시 계단 아래에 나타나 맨발가락 끝에 걸쳐 신은 여성용 나막신을 가볍게 디디며 인왕문 쪽으로 걸어갔다. 조키치는 그 뒷모습을 바라보자 인력거를 배웅하던 원망스러웠던 순간이 다시 생각나, 더는 도저히 참을 수 없다는 듯 벤치에서 일어났다. 그리고 자신도 모르게 그 게이샤를 뒤쫓아 상가 끝 언저리까지 왔지만, 어느 옆 골목으로 돌아들어갔는지 젊은 게이샤의 모습은 이제 보이지 않았다. 양쪽 가게들은 문 앞을 청소하고 한창 물건을 죽 늘어놓고 있었다. 조키치는 정신없이 가미나리몬 쪽으로 계속 걸어갔다. 젊은 게이샤의 행방을 찾으려는 것은 아니었다. 자신의 눈에만 생생히 보이는 오이토의 뒷모습을 좇는 것이었다. 학교에 대해서도 싹 잊어버리고 고마가타에서 구라마에, 구라마에에서 아사쿠사 다리……그러고는 요시초 쪽으로 계속 걸었다. 그러나 전차가 지나가는 바쿠로초의 큰길에 이르자 조키치는 어느 골목으로 들어가야 할지 조금 당혹스러워졌다. 하지만 방향은 대강 알고 있었다. 도쿄에서 태어나 남에게 길을 묻기는 싫었다. 연인이 사는 동네라고 생각하면, 그 이름을 길가의 다른 사람들에게 누설하는 것이 마치 마음의 비밀을 드러내는 것만 같아서, 이유도 없이 불안해 견딜 수가 없었다. 하는 수 없이 그저 왼쪽으로 왼쪽으로 적당히 돌아서 가자, 도매상 같은 비슷비슷해 보이는 창고 모양 상가들이 계속 이어졌고 역시 비슷비슷하게 썰물이 빠지고 바닥이 보이는 수로변으로 두 번이나 나왔다. 결국 조키치는 저 아득한 곳에 있는 메이지자*의 지붕을 보고, 얼마 뒤 좀 넓은 거리로 나와 멀리 길에서 벗어난 곳에서 나는 강 증기선의 기적 소리를 듣고서야 비로소 자신이 있는 곳과 시가지의 방향을 알아냈다. 동시에 심한 피로를 느꼈다. 제모를 쓴 이마에서뿐만 아니라 하카마**를 입은 허리띠 주변에서도 땀이 배어 나왔다. 하지만 한순간도 쉬고 싶지 않았다. 조키치는 보름밤에 따라왔던 골목 어귀를, 더욱 고심하고 더욱 걱정하고 더욱 피로를 느끼면서 드디어 찾아냈다.

한쪽으로 아침해가 들어오고 있었기 때문에 골목 안은 막다른 곳까지 환히 들여다보였다. 대낮에 보니 격자문이 달린 작은 집들뿐만 아니라 뜻밖에 지붕이 높은 창고도 있다. 도둑을 막기 위해 꼬챙이를 박은 나무 울타리도 있다. 그 위로 소나무 가지도 보인다. 석회가 흩어져 있는 변소 청소구도 보인다. 쓰레기통이 늘어서 있는 곳도 있다. 그 근처에서 고양이가 어슬렁거리고 있다. 오가는 사람들이 의외로 많다. 도랑을 덮은 좁다란 널빤지 위로 사람들이 서로 몸을 비스듬히

* 1873년 도쿄 니혼바시에 개장한 극장.

** 아랫도리에 입는 겉옷.

틀며 스쳐지나간다. 샤미센을 연습하는 소리에 사람들의 이야기 소리가 섞여 들려온다. 빨간 속치맛자락을 걷어올린 소녀가 싸리비로 도랑을 덮어둔 널빤지를 쓸고 있다. 격자문의 격자를 하나하나 열심히 닦는 사람도 있다. 조키치는 남의 눈이 많은 데 주눅이 들었을 뿐만 아니라, 막상 골목 안으로 들어간다고 해도 어떻게 하겠느냐 싶어 비로소 반성하기에 이르렀다. 남몰래 마쓰바야 앞을 지나며 오이토의 모습을 슬쩍 훔쳐보면 어떨까 생각했지만 주변이 너무 밝았다. 그럼 이대로 골목 어귀에 서서 오이토가 뭔가 볼일이 있어 밖으로 나올 때까지 기다릴까. 그러나 조키치는 근처 가게 앞의 사람들이 모두 자기만 지켜보고 있는 것 같아 5분도 가만히 서 있을 수가 없었다. 조키치는 어쨌든 더 고민해볼 작정으로, 근처 아이들을 단골로 하는 좁쌀떡집 영감이 때마침 쿵쿵쿵 절굿공이를 찧고 있는 맞은편 골목 쪽으로 갔다.

조키치는 하마초 뒷골목에서 차츰 오카와바타 쪽으로 발길이 가는 대로 걸었다. 아무리 기회를 기다려봤자 한낮에는 아무래도 쉽지 않다는 것을 겨우 깨달았지만, 이제는 학교에 가기에도 늦었다. 쉬는 것은 오늘 한나절, 이제 오후 세시까지 어디서 어떻게 시간을 보내야 할지 그 문제를 해결해야 했다. 어머니 오토요는 학교 시간표까지 속속들이 알고 있었기 때문에, 조키치가 한 시간만 빨리 오거나 늦게 오더라도 바로 걱정을 하며 귀찮게 캐물어댔다. 물론 조키치는 어떻게든 쉽게 얼버무릴 수 있다고 생각했지만, 그런 만큼 거짓말을 하며 양심의 고통을 겪는 것이 싫어서 견딜 수 없었다. 마침 다다른 강가에는 판잣집으로 마련해두었던 수영장이 철거되어 버드나무 그늘에서 사람들이 낚시를 하고 있었다. 그곳을 지나던 네댓 명이 넘는 사람들이 멍하니 서서 그 광경을 보고 있었기 때문에, 조키치는 마침 잘됐다싶어 똑같이 낚시하는 것을 바라보는 척 그 옆에 다가섰지만, 더는 서 있을 힘마저도 없어 버드나무 밑동 버팀목에 등을 기대며 주저앉아버렸다.

아까부터 하늘은 거의 새파랗게 개어 있었고, 끊임없이 바람이 지나고 있는데도 사람들의 살갗에 화끈화끈 타는 듯한 습기를 남기는 가을 햇살은 눈앞 오카와*의 수면을 눈부시게 두루 비추고 있었기 때문에, 뒤쪽 거리 한쪽에 길게 이어진 토담으로부터 울창하게 뻗은 가지들이 만든 무성한 그늘이 아주 시원해 보였다. 벌써 단술집 영감이 그곳에 빨갛게 칠한 짐을 내리고 있었다. 강 건너편은 햇빛이 강했기 때문에 줄지어 선 인가의 기와지붕을 비롯해 그 일대의 경치가 매우 지저분해 보였고, 바람에 몰려가는 구름의 행렬은 움직임 없이 층을 이룬 채 맹렬하게 매연을 토해내는 제조장의 굴뚝보다도 훨씬 낮게 떠 있었다. 낚시 도구를 파는 뒤쪽의 작은 집에서 열한시를 알리는 시계 소리가 울렸다. 조키치는 숫자를 세면서 그 소리를 듣고는, 비로소 자신이 얼마나 오랜 시간 걸었는지 알고 놀랐지만, 동시에 이 상태로 세시까지 시간을 흘려보내는 것도 그리 어렵지 않을 것 같아 조금 안심도 되었다. 조키치는 낚시꾼 한 사람이 주먹밥을 먹기 시작하는 모습을 보고 똑같이 도시락을 열었다. 열기는 했지만 왠지 쑥스러워 누

---

* 스미다 강 아즈마 다리 부근에서부터 그 하류까지를 가리키는 명칭.

군가 보고 있지는 않을까 두리번두리번 주변을 둘러보았다. 다행히 정오가 다 된 시간이라 바라다보이는 강기슭에는 오가는 사람이 없었다. 조키치는 밥이든 반찬이든 모두 씹지도 않고 되도록 빨리 삼켜버렸다. 낚시꾼들은 모두 나뭇조각처럼 가만히 앉아 있었고, 단술집 영감은 앉아서 졸고 있다. 점점 조용해지고 개도 걸어오지 않는 이곳 한낮에, 왜 이렇게 쑥스러워할까, 왜 이렇게 겁이 많을까, 조키치도 스스로가 우스꽝스럽게 여겨졌다.

료고쿠 다리와 신오 다리 사이를 한 바퀴 돈 뒤, 조키치는 드디어 아사쿠사 쪽으로 돌아가기로 결심했다가, '혹시' 하는 생각에 다시 요시초의 골목 어귀에 들러보았다. 오전보다는 오가는 사람이 없다는 데 용기를 얻어서 조심조심 마쓰바야 앞을 지나가보았지만, 밖에서 보니 집안은 매우 어두웠고, 사람들 소리나 샤미센 소리도 들리지 않았다. 하지만 조키치는 누구에게도 책망받지 않고 연인이 사는 집 앞을 지났다는 그 정도 일에 마치 미증유의 모험을 감행한 듯한 만족을 느꼈기 때문에, 지금까지 걸으며 느낀 몸의 피로와 고통을 끝끝내 후회하지 않았다.

4

조키치는 그 주의 나머지 날들에는 그럭저럭 학교에 갔지만 일요일 하루가 지나고 그다음날 아침에는 전차를 타고 우에노까지 가서 갑자기 내려버렸다. 교사에게 제출해야 할 대수代數 숙제를 하나도 하지 않았다. 영어와 한문 예습도 하지 않았다. 그뿐만 아니라 오늘은 정말이지 세상에서 무엇보다 싫고 무엇보다 무서운 기계체조가 있는 날이라는 것이 생각났기 때문이다. 조키치는 철봉에 거꾸로 매달리거나 사람 키보다 높은 선반 위에서 뛰어내리는 일은, 아무리 군조* 출신 교사가 강요하거나 전 학급 학생들이 일제히 비웃어도 도저히 할 수 없었다. 뭐든 간에 체육을 즐기는 일에서는 아무리 해도 다른 모든 학생들과 어울릴 수 없었기 때문에, 조키치는 자연히 경멸의 목소리 속에 고립되었다. 그 결과 모두한테서 심술궂게 괴롭힘을 당하기 일쑤였다. 학교는 이것만으로도 아주 고통스럽고 괴롭고 싫은 곳이었다. 그래서 조키치는 어머니가 아무리 바란다 해도 지금으로서는 고등학교에 들어갈 생각이 전혀 없었다. 입학을 하면 교칙에 따라 일 년간 반드시 거쳐야 하는 광폭하고 무참한 기숙사 생활에 대한 일화를 듣는 것만으로도 이미 간이 철렁 내려앉았다. 언제나 미술과 서예에 관해서는 전 학급 누구보다도 뛰어난 조키치의 본성은, 철권鐵拳이나 유술柔術, 일본혼 같은 것과는 전혀 다른 방면으로 기울어 있었다. 어린아이 때부터 아침저녁으로 어머니의 생업인 샤미센을 듣는 것을 아주 좋아하여 배우지 않고도 자연히 현의 곡조를 익혔고, 시가에 알려진 유행가 따위는 한 번 들으면 바로 외울 정도였다. 고우메의 외삼촌 라게쓰 선생은 일찍이 조키치에게 명인이 될 소질이 있음을 간파하고, 노송나무 세공품을 만드는 곳이든 정원수 가게든 어디든 좋으니 일류

---

* 구(舊) 일본 육군 하사관 계급의 하나로 우리나라의 중사에 해당한다.

종가에 제자로 들이면 좋지 않겠냐고 오토요에게 권유했지만 오토요는 절대 허락하지 않았다. 뿐만 아니라 그후로 조키치가 샤미센을 만지작거리면 심한 잔소리를 해 금지시켰다.

라게쓰 외삼촌 말대로 조키치가 그 시절에 샤미센을 배웠다면, 지금쯤 어쨌든 어엿한 예인이 되어 있었을 것이다. 그렇다면 오이토가 게이샤가 되었다 한들, 이렇게 비참한 꼴을 당하지 않고 해결되었을 텐데. 아아, 돌이킬 수 없는 짓을 했다. 일생의 방향을 그르친 것 같았다. 어머니가 갑자기 미워졌다. 이루 말할 수 없을 만큼 어머니가 원망스럽게 생각되는 데 반해, 왠지 모르게 매달려보고 싶을 정도로 라게쓰 외삼촌이 정답게 느껴졌다. 어머니로부터, 또한 외삼촌 자신의 입으로부터 자주 들었던 외삼촌의 방탕했던 시절의 경험을 지금까지는 별생각도 없이 그저 사실로서 받아들였지만, 지금 사랑의 고통을 알기 시작한 조키치의 마음속에는 모든 것이 새로운 의미로 다가왔다. 맨 먼저 '고우메의 외숙모'라는 사람은 긴페이다이코쿠의 나이 많은 유녀로 메이지 초기 요시와라 개방 당시에 의지할 데 없는 몸을 외삼촌에게 의탁했다는 말이 생각났다. 외숙모는 어린 시절 자신을 아주 귀여워해주었다. 그럼에도 불구하고 어머니 오토요는 그다지 좋게 생각하지 않았던지, 백중맞이 인사도 그저 체면치레로만 하는 것을 개의치 않았고 그런 기색을 드러낸 적도 있었다. 조키치는 여기서 또다시 어머니가 불쾌하고 밉살스러워졌다. 거의 밤잠도 자지 않고 자신의 행동을 지켜보는 듯한 어머니의 자애심이 답답하여 견딜 수 없어질수록, 만약 고우메의 외숙모 같은 사람이라면—고우메의 외숙모는 오이토와 자기 두 사람에게 뭐라 말로 표현할 수 없는 정이 어린 목소리로 늘 사이좋게 놀라고 말해준 적이 있다—자신의 고통이 무엇인지 잘 살피고 동정해줄 것이다, 자신의 마음이 조금도 요구하지 않는 행복을 덮어놓고 무리하게 강요하지는 않을 것이다, 하는 생각이 들었다. 조키치는 뜻하지 않게 어머니 같은 처신이 바른 여자와 고우메 외숙모처럼 일종의 경력이 있는 여자의 심리를 비교해보았다. 학교 교사 같은 사람과 라게쓰 외삼촌 같은 사람을 비교하는 셈이다.

정오 무렵까지 조키치는 도쇼구* 뒤쪽 숲속 바위에 누워 이런 생각을 하다가 꾸러미 속에 감춰둔 소설책을 꺼내 탐독했다. 그러면서 내일 결석계를 제출하기 위해 어떻게 또 어머니의 막도장을 훔쳐낼지 고민했다.

5

매일 밤낮으로 계속 내리던 비가 한바탕 그친 뒤, 이제는 구름 하나 보이지 않는 맑은 하늘이 며칠이나 끝도 없이 계속되었다. 하지만 어쩌다 하늘이 흐려지면 갑자기 바람이 일고 말라버린 길 위의 모래가 이리저리 날렸다. 이 바람과 더불어 날마다 점점 추워졌고 꼭 닫은 집 안의 장지문이 끊임없이 달까닥달까닥 슬프게 움직이기 시작했다. 조키치는 매일 아침 여덟시에 수업이 시작되는 학교에 가기 위해 늦어도 여섯시에는 일어나야 했다. 그런데 매일 아침 여섯시에 일어날 때

* 도쿠가와 이에야스를 신으로 모시는 신사. 이에야스의 묘가 있다.

마다 날은 점점 어두워져, 마침내 밤과 마찬가지로 집안에 등불을 켜지 않으면 안 되었다. 매년 겨울이 시작될 무렵, 조키치는 이 새벽의 희미하고 노란 램프 불빛을 보면 뭐라 표현할 수 없이 슬프고 싫은 느낌이 들었다. 어머니는 아들을 격려하려고 늘 추워 보이는 잠옷 차림 그대로 조키치보다 빨리 일어나 따뜻한 아침밥을 반듯하게 준비해두었다. 조키치는 그 친절에 미안함을 느끼면서도 워낙 졸려 견딜 수가 없었다. 조금만 더 화롯불을 쬐고 싶으면서도, 무턱대고 시계에만 신경쓰는 어머니의 다그침에 못 이겨 길게 불평을 늘어놓으며 차가운 강바람이 부는 거리로 나오곤 했다. 언젠가는 지나치게 챙겨주는 데 화가 나서 단단히 두르라고 당부한 목도리를 일부러 풀어버려 감기에 걸린 적도 있었다. 이제는 돌아갈 수 없는 몇 년 전쯤 라게쓰 외삼촌을 따라 오이토와 함께 도리노이치*에 갔던 일이 떠오른 그날로부터 얼마 지나지 않아, 올해도 작년과 비슷하게 추운 12월이 찾아왔다.

조키치는 겨울이 비슷한 듯한 올해와 작년, 작년과 재작년, 그리고 그전 몇 년을 거슬러올라가며 무심코 생각해보다가, 사람이 성장하면서 얼마나 많은 행복을 잃어버리는지를 명확히 깨달았다. 어린아이였을 때는 아침에 추우면 자고 싶은 만큼 충분히 잘 수 있었을 뿐만 아니라, 몸 또한 그렇게까지 심하게 추위를 느끼지 않았다. 찬바람이 불거나 비가 내리는 날에는 오히려 재미있게 뛰어다니곤 했다. 아아, 그랬던 내가 지금은 아침 일찍 이마도 다리의 흰 서리를 밟을 일을 괴로워하고 오후에는 언제나 건조한 찬바람으로 시끄러운 마쓰치야마의

* 매년 11월 유일(酉日) 오토리 신사에서 거행되는 제례.

노목 사이로 일찍 저물어가는 석양의 빛깔을 슬프다고 느끼는 처지가 되었다. 이제부터 한 해 한 해 다가올 때마다 내 몸에는 어떤 새로운 고통이 더해질까? 조키치는 올해 12월만큼 날짜가 빨리 가는 것을 슬프게 여긴 적이 없었다. 센소 사 경내에는 이미 선달 대목장이 섰다. 제자들이 가지고 오는 설탕 봉지나 가다랑어포 등의 설 선물이 하나 둘 도코노마에 줄지어 놓였다. 학교 기말시험은 어제 끝났고, 아주 좋지 않은 성적에 대해 교사가 쓴 주의서가 우편으로 어머니에게 도착했다.

처음부터 예상했던 일이기 때문에 조키치는 말없이 고개를 떨어뜨린 채, 무슨 일이 있을 때마다 곧바로 '홀어머니 독자'라며 처량한 얘기를 입에 올리는 어머니의 말을 듣고 있었다. 오전에 연습하러 오는 젊은 여자들이 돌아가고 나면 오후 세시가 넘어서야 학교에서 돌아온 여자아이들이 배우러 온다. 그래서 지금이 바로 어머니가 가장 한가한 시간이었다. 바람도 없고 겨울 해가 거리의 모든 창을 비추고 있었다. 때마침 갑자기 아직 열리지도 않은 격자문 앞에서 여자의 화사한 목소리가 들려왔다.

"실례합니다." 어머니가 놀라 일어설 새도 없이 마루 끝 장지문 밖에서 말소리가 이어졌다.

"아주머니, 저예요. 한동안 찾아뵙지 못해서 사과드리러 왔어요."

조키치는 몸이 떨렸다. 오이토였다. 오이토는 멋진 모직 아즈마 코트*의 끈을 풀면서 올라왔다. "어머, 조키치도 있었네. 학교가 방학……어머, 그렇구나." 그리고 덧붙이듯 호호 웃고는 정중하게 바닥에 손을 짚고 머리 숙여 절을 하면서 말했다. "아주머니, 별고 없으시지요? 정말, 집에서 나오기가 어려워 그후로 통 찾아뵙지도 못하고……"

오이토는 사라사 보자기에 싼 과자 상자를 내놓았다. 조키치는 어리둥절하여 아무 말도 못하고 오이토의 모습을 지켜보았다. 어머니도 잠시 얼떨떨한 모습으로 선물에 대해 고마움을 표한 뒤 말했다. "예뻐졌네. 정말 몰라보겠어."

"나이가 많이 들어 보이죠? 다들 그렇게 말해요." 오이토는 아름답게 미소를 짓고는 풀리려는 검은색 크레이프로 된 하오리 끈을 고쳐 매면서 허리띠 사이에서 담뱃갑을 꺼냈다. "아주머니, 저 벌써 담배를 피우게 됐지 뭐예요. 건방지죠?"

이번에는 크게 웃었다.

"이쪽으로 가까이 와. 추워." 어머니 오토요는 화로 위에서 쇠주전자를 내리고는 차를 넣으면서 말했다. "언제 첫선을 보였어?"

"아직요. 이번 정월에 한다고 해요."

"그래. 오이토라면 정말 인기가 있을 거야. 어쨌든 예쁘고, 이미 기반은 충분히 다 잡혀 있고……"

"다 아주머니 덕분이에요." 오이토가 말을 끊었다. "그쪽 언니도 아주 기뻐했어요. 저 따위보다 훨씬 나이도 많은 주제에 정말 못하는 아이도 있는걸요."

"때가 때인지라……" 오토요는 문득 생각났다는 듯 찬장에서 과자

---

* 메이지 중기부터 유행한 일본옷용 여성 코트.

그릇을 꺼내 "공교롭게 아무것도 없어서……사이조 사의 명물인데, 조금 독특한 거란다" 하며 젓가락으로 일부러 집어주었다.

"선생님, 안녕하세요." 여자아이 두 명이 단조롭고 새된 목소리로 인사하며, 떠들썩하게 연습을 하러 왔다.

"아주머니, 저는 신경쓰지 마시고……"

"아니, 괜찮아." 그렇게 말은 했지만 오토요는 이윽고 옆방으로 향했다.

조키치는 이상하게도 쑥스러워 자연히 고개를 숙였지만, 오이토는 별다른 기색도 없이 작은 목소리로 말했다.

"그 편지 받았어?"

옆방에서는 두 어린 여자아이가 목소리를 맞추어, 사가야오무로의 하나자카리*를 부른다. 조키치는 고개만 끄덕이고는 머뭇거렸다. 오이토가 편지를 보낸 것은 11월 첫째 유일 전이었다. 집에서 나오기 어렵다는 얘기뿐인 편지였다. 조키치는 당장 헤어진 뒤의 생활을 상세하게 써 보냈지만, 오이토의 답장 속에서는 기대했던 대답을 끝내 들을 수 없었다.

"센소 사의 선달 장이야. 오늘밤에 같이 가지 않을래? 난 오늘밤 자고 가도 괜찮으니까."

조키치는 옆방의 어머니가 어려워 뭐라 대답할 수가 없었다. 오이토는 개의치 않고 말했다.

"저녁 먹고 마중나와줘." 하지만 그뒤 덧붙여 말했다. "아주머니도

---

* 1836년 초연된 도키와즈의 한 구절로, 이후 도키와즈의 대명사가 되었다.

함께 가시겠지."

"응." 조키치의 목소리에는 힘이 없었다.

"저……" 오이토가 갑자기 생각난 듯 말했다. "고우메 외삼촌, 어떻게 지내셔? 술에 취해 하고이타* 가게 영감님과 싸움을 벌이셨지. 언제였더라? 난 무서워서 혼났어. 오늘밤 오시면 좋을 텐데."

오이토는 연습에 방해가 안 되도록 오토요에게 인사를 했다. "그럼 밤에, 정말 실례가 많았습니다." 그러고는 종종걸음으로 돌아갔다.

6

조키치는 감기에 걸렸다. 정월 7일이 지나고 학교가 시작되어 하루 무리를 해서 학교에 갔는데, 유행하던 독감에 걸리는 바람에 1월 내내 앓아누워 있었다.

오늘은 하치만 신사 경내에 아침부터 2월 첫 오일午日의 북소리가 들렸다. 따뜻하고 평온한 오후 햇볕이 가득 비쳐 드는 앞창 장지에는 이따금 처마를 나는 작은 새의 그림자가 펄럭였고, 거실 구석에 늘 어둑하게 들어앉은 불단은 안쪽까지 밝게 보였으며, 도코노마에 장식한 매화는 벌써 지려고 했다. 완전히 닫힌 집안에서도 봄을 분명히 느낄 수 있었다.

---

* 하고는 모감주나무 열매에 구멍을 뚫고 색칠한 새의 깃털을 서너 개 꽂은 것이다. 하고이타는 하고를 치는 자루가 달린 직사각형 판자로, 대부분 한쪽 겉에 그림이 그려져 있다.

이삼일 전부터 일어나 있었던 조키치는 이 따뜻한 날 어슬렁어슬렁 산책을 하러 나갔다. 조키치는 깨끗이 나은 지금, 돌아보면 이십 일 넘게 고생한 큰 병이 뜻밖의 행운이었다고 기뻐했다. 도저히 다음달 학년 시험에 합격할 가망이 없을 거라고 걱정하던 터라, 낙제하더라도 어머니에게 병으로 결석을 한 탓이라고 그럴듯한 변명을 할 수 있게 됐다고 생각했기 때문이다.

걷다보니 어느새 아사쿠사 공원 뒤쪽으로 나왔다. 좁은 길 한쪽에는 깊은 도랑이 있었고, 그 너머 철책 맞은편으로 여기저기 서 있는 겨울철 말라버린 큰 나무 아래 판자로 다섯 구획을 나눈 더러운 요큐바 가게 뒤편이 이어져 있다. 거리는 지붕이 나지막한 집들이 길 한쪽으로 늘어서 있어 마치 뒤쪽이 깊은 도랑 속으로 밀려들어간 듯한 느낌이 든다. 그렇게까지 혼잡하지는 않았지만 이상하게 항상 부산스러워 보였고, 인상 나쁜 차부가 어슬렁거리며 옷차림이 말쑥한 행인 뒤를 귀찮게 따라다니며 승차를 권하고 있었다. 조키치는 언제나 순사가 서서 망을 보고 있는 왼쪽 돌다리를 건너 공원 안쪽까지 쭉 내다보이는 네거리까지 걸어와, 지나던 사람들이 멈춰 서서 바라보듯이 별다른 이유 없이 길모퉁이에 내놓은 미야토자의 그림 간판을 쳐다보았다.

제목 글자가 촘촘하고 큼직큼직하게 쓰인 목패를 가운데 두고, 좌우에 얼굴이 아주 작고 눈이 크고 손끝이 비대한 인물이 이부자리를 짊어진 것처럼 커다란 옷을 입고, 과장된 모습으로 여러 가지 활약을 하는 모습이 그려져 있었다. 이 커다란 그림 간판을 덮고 있는 덮개 모양의 처마는, 축제 때 쓰이는 장식용 수레처럼 조화造花로 아름답게 장식되어 있었다.

아무리 따뜻한 날씨라도 역시 겨울은 겨울인지라 장소를 가리지 않고 잠시라도 따뜻한 건물 안으로 들어가고 싶은 생각도 들었던 까닭에, 조키치는 그대로 극장 건물 한쪽 구석의 비어 있는 좁은 관람석 입구로 다가갔다. 무대 정면 관람석에서 곧바로 불안해 보이고 발판 상태도 나쁜 사다리식 계단이 나 있었고, 중간쯤 휘어진 곳은 이미 어둑한데다 구린 냄새가 났으며, 한층 더 어두운 위쪽에서부터 혼잡한 사람들 틈으로 뜨뜻미지근한 온기가 불어 내려왔다. 계속해서 배우의 이름을 부르는 구호 소리가 들렸다. 그 소리를 듣고 조키치는 도회지에서 자란 관객들만이 경험하는 특별한 종류의 쾌감과 열정을 느꼈다. 사다리식 계단을 두세 단씩 단번에 뛰어올라 붐비는 사람들 속을 비집고 들어가니, 볼품없는 커다란 배의 바닥으로 내려온 것처럼 마루청이 기울어진 낮은 지붕 안쪽에 입석 자리가 있었는데, 뒤쪽 구석 구석에 붙은 작은 가스 화염 불빛이 가득차 있는 구경꾼들의 머리에 가려져 매우 어두웠고 좁아서 답답하기만 했다. 사람들이 원숭이처럼 꼭 붙잡고 매달려 있는 앞쪽 철봉에서 바라보니 극장 내부는 천장만 아주 넓어 보였고, 등불빛에 물든 혼탁한 공기 너머 무대는 작고 멀게 보였다. 무대는 딱딱 치는 딱따기 소리에 마침 회전을 하다 멈춘 상태였다. 일직선으로 쌓인 돌담으로 꾸며진 무대 아래에는 더러운 물빛 천이 깔려 있었고, 뒤에는 영주 저택의 흙담을 작게 그려놓은 배경이 경계를 만들고 그 위를 빈틈없이 새까맣게 칠해놓아 억지로라도 밤으로 느낄 수 있도록 해두었다. 조키치는 지금까지의 연극 관람 경험으로 볼 때 '밤'과 '강가'라는 설정은 살해 장소가 틀림없다는 유치한 호기심이 발동해 발돋움을 하고 고개를 뺐는데, 아니나다를까 끊임없이 낮게 울리는 큰북 소리와 더불어 딱따기가 달려나오는 효과음을 내더니, 왼쪽 경비 초소 뒤에서 하인 남자와 돗자리를 감싸쥔 여자가 큰 소리로 말다툼을 하면서 나왔다. 구경꾼들이 웃었다. 무대 위 인물은 잃어버린 것을 찾는 듯한 모습이었는데, 뭔가를 집어들고는 돌연 이전과는 완전히 다른 태도가 되어 아주 명료하게 "조루리 제목 우메야나기나카모요이즈키, 근무하고 있는 관리……"라고 읽기 시작했다. 이 장면을 기다리던 구경꾼들이 이쪽저쪽에서 말을 붙였다. 또다시 가벼운 딱따기 소리를 신호로, 검은 옷을 입은 남자가 오른쪽 구석에 세워놓은 배경 도구 일부를 잡아당겼다. 어느 쪽이나 모두 윗도리와 아랫도리를 입은 가수 세 명, 샤미센 연주자 두 명이 비좁아 갑갑하다는 듯이 좁은 무대 위에 나란히 앉아 있었고, 곧바로 연주를 시작한 샤미센 소리에 맞춰 가수가 노래를 부르기 시작했다. 조키치는 이런 종류의 음악이 늘 흥미로웠고 귀에도 익숙했기 때문에, 장내 어디에선가 아기가 울어대는 소리와 이를 꾸짖는 구경꾼들 소리에 방해를 받으면서도 노래 가사와 샤미센 연주까지 분명히 알아들었다.

으스름한 달밤에 별빛마저 두세 개, 넷인가 다섯인가, 종소리가 들리니 어쩌면 나를 쫓는 추격자는 아닌가 하고……

또다시 가벼운 딱따기 소리가 들렸고 몰두하여 환호하는 남자들뿐만 아니라 극장 전체가 술렁거렸다. 그도 그럴 법했다. 붉은 주반* 위

---

* 맨몸에 직접 입는, 기모노와 비슷하게 생긴 속옷.

에 폭이 넓은 자주색 비단 옷깃을 단 자시키기*를 입은 유녀가 머리에 수건을 덮어써 얼굴을 가리고 몸을 앞으로 숙인 채로, 하나미치**를 달려 무대에 나온 것이다. "안 보여, 앞을 가렸어" "모자를 벗어" "바보 자식아" 등등 고함을 치는 자들이 있었다.

떨어져 그 행방도, 뱅어잡이 배의 화톳불에, 그물에 걸린 것보다 사람들 눈을 꺼려 앞뒤도 생각하지 않고……

여자로 분장한 배우는 하나미치가 끝나는 언저리까지 걸어와 뒤를 돌아보면서 대사를 했다. 그뒤 노래가 이어졌다.

강 상류 쪽에서 잠시 멈춰 서니 매화꽃 구경 후 돌아오는 배에서 흘러나오는 노래. '숨어들 거라면 어두운 밤은 피할지라, 구름 낀 달에 방해받지 말고. 힘들게 기다리는 저녁, 음력 열엿새 밤, 이쪽은 준비가 잘됐구나' 하고 점괘가 나오니, 금방 구름이 끼고 비가 내릴 듯하던 하늘도 뜻밖에 맑아오네, 달빛 아래서 서로 바라보는 얼굴과 얼굴……

구경꾼들이 다시 술렁거렸다. 새까맣게 칠한 하늘 배경 가운데 크게 뚫린 둥근 구멍에 불이 들어오더니, 구름 모양의 덮개를 줄로 끌어

* 예기나 예인이 객석에 나갈 때 입는 옷.
** 무대 왼쪽에서부터 객석을 건너질러 난 통로. 배우의 통로 또는 무대의 일부로 이용된다.

올리는 것이 이쪽에서도 잘 보였다. 달이 아주 크고 밝았기 때문에, 영주 저택의 담은 멀리 있는 것 같고 오히려 달이 아주 가까워 보인다. 그러나 조키치는 다른 구경꾼들처럼 아름다운 환상에서 깨어날 줄 몰랐다. 작년 여름의 끝에, 오이토를 요시초에 보내기 위해 기다렸던 이마도 다리에서 바라본 그 커다랗고 둥글디둥근 달이 떠오르자, 이제 무대는 무대 같지가 않았다.

하카마를 입지 않고 산발한 남자가 매우 걱정스러운 모습으로 겨우 발걸음을 내딛기 시작했다. 여자와 스치듯 지나가다 얼굴을 마주보고 말했다.

"이자요이?"

"세이신 님이세요?"

여자가 남자에게 매달리며 말했다. "보고 싶었어요."

구경꾼들이 외쳤다. "야, 두 사람." "좋구나. 불타오르네." 웃음소리가 들렸다. "조용히 해" 하며 호통치는 열정가도 있었다.

무대는 서로 사랑하는 남녀가 물에 빠지는 장면과 함께 회전해, 뱅어잡이 배가 밤에 쳐놓은 그물에 여자가 걸려 살아나는 장면으로 바뀌었다. 다시 원래의 무대로 돌아가니, 남자 또한 죽지 못하고 돌담 위로 기어올랐다. 먼 곳에서 울리는 사와기우타*, 부귀에 대한 선망, 생존의 쾌락, 처지에 대한 절망, 기회와 운명, 유혹, 살인. 파란에 더하여 각색된 파란이 정점에 이르고, 마침내 연극의 1막이 끝났다. 앙

---

* 소란스럽고 떠들썩한 유흥 장면을 나타내는 가부키 효과음악.

칼진 목소리로 "교체 시간이에요"라고 외치는 소리가 귓전에 들려왔다. 구경꾼들이 출구 쪽으로 한꺼번에 내려갔다.

조키치는 서둘러 걸었다. 주변은 밝았지만 이제 해는 비치지 않았다. 북적거리는 센조쿠마치의 소매점 포렴과 깃발 등이 세차게 펄럭거렸다. 지나가면서 시간을 보기 위해 허리를 숙이고 들여다보니 처마가 낮은 집들은 안쪽이 어두컴컴했다. 조키치는 해가 지는 것이 걱정되어 점점 걸음을 재촉했지만, 산야보리에서 이마도 다리 건너편으로 펼쳐진 스미다 강의 풍경을 보고는 잠시 멈춰 서지 않을 수 없었다. 강 수면은 회색으로 슬프게 빛났고, 겨울 한낮을 서둘러 끝내려는 수증기가 맞은편 기슭 제방에 어렴풋이 서려 있었다. 갈매기 몇 마리가 화물선 돛 사이를 어지럽게 날고 있었다. 조키치는 계속 흘러가는 강물이 어쩐지 슬프다는 생각이 들었다. 맞은편 기슭 제방 위로 하나둘 불이 들어오기 시작했다. 시들어버린 수목, 말라버린 돌담, 더럽혀진 기와지붕, 눈에 들어오는 것이 모두 시들어버린 겨울색을 띤 만큼, 극장을 나온 뒤에도 한순간도 사라지지 않는 세이신과 이자요이의 화려한 모습에 대한 기억이 하고이타의 그림처럼 더욱 생생하게 떠올랐다. 조키치는 극중 인물이 미울 만큼 부러웠다. 아무리 부러워해도 도저히 미치지 못하는 자기 신세가 슬펐다. 죽는 편이 낫다고 느끼는 만큼, 같이 죽을 사람이 없는 처지가 더욱 통절하게 슬프다고 생각했다.

이마도 다리를 건너기 시작했을 때 손바닥으로 철썩 뺨을 치는 듯한 강바람이 불어왔다. 조키치는 생각도 못한 추위에 온몸을 떠는 동시에 지금까지 기억하고 있으리라고는 생각지도 못했던 조루리의 한 구절이 자기도 모르게 목에서 흘러나와 놀랐다.

"그렇다면 무정한 세이신 님, 새삼스레 말하는 것도 어리석은 일이지만……"

이 구절은 기요모토 일파가 아닌 다른 유파에서는 흉내낼 수 없는 미려한 곡조를 표현한 부분이었다. 조키치는 물론 다유*가 고개와 몸을 위로 쭉 뻗고 노래하듯이 능숙하게, 또한 그런 큰 목소리로 노래한 것은 아니었다. 목구멍에서 흘러나오는 대로 입속에서 낮은 소리로 노래했지만, 그것만으로도 누를 길 없는 마음의 고통이 얼마간 덜어지는 듯했다. 새삼스레 말하는 것도 어리석은 일이지만……참으로 생각하면……물가에서 내려다보는 푸른 버들의……같은 생각나는 여기저기 구절들을, 집의 격자문을 열 때까지 조키치는 몇 번이고 되풀이하며 걸었다.

7

다음날 오후 조키치는 다시 미야토자 입석 관람을 위해 나섰다. 사랑하는 두 사람이 손을 잡고 슬퍼하는 아름다운 무대를 통해 어제 처음으로 발견했다고 할 수 있는 비애의 미감에 취하고 싶었던 것이다. 그뿐만 아니라 거무스름한 천장과 맹장지 격자문으로 둘러싸인 이층 공간이, 매우 음침하고 등불도 많으며 수많은 사람들이 모인 극장의 북적거림이 참을 수 없을 만큼 그리워 견딜 수 없었다. 조키치는 잃어

* 샤미센 연주자의 음곡에 맞춰 대사를 읊는 사람.

버린 오이토 때문만이 아니라 때때로 별다른 이유도 없이 쓸쓸하고 슬픈 느낌이 들곤 했다. 스스로도 이유가 무엇인지 전혀 알 수 없었다. 그저 쓸쓸하고 슬펐다. 이 적막과 비애를 달래기 위해, 조키치는 뭐라고 딱 말하기 어려운 무언가를 매 순간 격렬하게 요구했다. 마음속의 막연한 고통을, 누구라고 정하지는 않았지만 다정한 목소리로 대답해줄 아름다운 여성에게 호소하고 싶어 견딜 수가 없었다. 오로지 오이토 한 사람만이 아니라 거리에서 스쳐지난 낯선 여자들의 모습이 시마다로 머리를 틀어올린 여자의 모습으로, 이초가에시를 한 게이샤의 모습으로, 또는 마루마게를 한 부인의 모습으로 변하여 꿈속에 나타나는 일도 있었다.

조키치는 두 번이나 보는 같은 연극 무대를 마치 처음 보는 것처럼 흥미 깊게 바라보았다. 이와 동시에, 이번에는 성황을 이룬 좌우에 높이 자리한 관람석을 관찰하는 일도 결코 게을리하지 않았다. 세상에는 이렇게 많은 여자가 있다. 이렇게 많은 여자가 있는데, 어째서 나는 자신을 위로해주는 상대를 단 한 명도 만나지 못하는 것일까? 누구라도 좋다. 자신에게 한마디 다정한 말을 걸어줄 여자가 있다면, 이렇게 오이토만 애절하게 골똘히 생각하지는 않을 것이다. 오이토를 생각하면 할수록 그 고통을 덜어줄 다른 대상이 있다면 좋겠다는 생각이 들었다. 학교와 그에 관련된 자신의 장래를 생각하며 절망에만 빠져 있지 않을 수 있게……

입석의 혼잡함 속에서 갑자기 어깨를 찌르는 사람이 있어 놀라 돌아보니, 사냥 모자를 깊숙이 눌러쓰고 검은 안경을 낀 채 한 단 높은 뒷자리에서 고개를 빼고 내려다보는 젊은 남자의 얼굴이 눈에 들어왔다.

"기치 아냐."

말은 그렇게 했지만, 조키치는 기치의 풍채가 너무 많이 변해 한동안 말을 이을 수 없었다. 기치는 지카타마치 소학교 시절 친구인데, 산야 거리에서 이발사를 하는 아버지 가게에서 지금까지 늘 조키치의 머리를 깎아주었다. 그런 젊은이가 비단 손수건을 목에 두르고 일본식 코트 아래 고급 명주 하오리를 입고서 향수 냄새를 잔뜩 풍기고 있었다.

"조키치, 난 배우야." 그가 얼굴을 내밀고 조키치의 귓가에 중얼거렸다.

입석이 혼잡하기도 해서 조키치는 놀란 채 아무 말 없이 있을 수밖에 없었는데, 이윽고 무대에는 어제처럼 강변에서 해후하는 장면이 펼쳐져, 극의 주인공이 훔친 돈을 들고 하나미치로 달려나가며 팔매질을 했고, 그것을 신호로 막이 끝났음을 알리는 딱따기 소리가 딱딱 울렸다. 막이 움직였다. 입석의 뭇사람들 속에서 여느 때와 같이 "교체 시간이에요"라고 외치는 소리가 들려왔다. 많은 사람들이 좁은 출구 쪽으로 밀고 밀리며 가는 동안 막이 완전히 닫혔고, 막이 닫히는 신호를 알려주는 북이 무대 어딘가에서 울리기 시작했다. 기치가 조키치의 소매를 붙잡고 말했다.

"조키치, 돌아갈 거야? 괜찮지 않아? 한 막 더 보고 가지그래."

배우 옷을 입은 천하게 생긴 남자가 감물 먹인 종이를 바른 작은 소쿠리를 들고 다음 막의 관람료를 걷으러 왔기 때문에, 조키치는 시간을 걱정하면서도 그대로 남았다.

"조키치, 깨끗해, 앉아도 돼." 기치는 사람들이 빠져나간 뒤 들창에 걸터앉아 말하고는 조키치가 나란히 걸터앉기를 기다리는 듯 재차, "난 배우야. 변했지?" 하면서 자잘한 무늬가 박힌 오글오글한 비단 주반의 소맷자락을 잡아 빼고서 검은 금테 안경을 일부러 벗어 닦기 시작했다.

"변했네. 처음에는 누군가 싶었어."

"놀랐어? 하하하하." 기치는 뭐라 표현할 수 없을 만큼 기쁜 듯이 웃으며 말했다. "부탁하지, 조키치. 건방진 소리 같지만 이래 봬도 배우야. 이이** 극단의 신파 배우지. 모레부터는 다시 신토미초로 가. 다 준비되면 보러 와. 괜찮지? 분장실 출입구로 돌아와서 다마미즈를 불러달라고 하면 돼."

"다마미즈……?"

"응, 다마미즈 사부로……" 그는 재빨리 품에서 여성용 지갑을 꺼내 작은 명함을 보이며 말했다. "다마미즈 사부로. 옛날의 기치가 아니지. 이제 어엿한 배우야."

"배우가 되면 재미있지?"

"재미있기도 하고, 괴롭기도 하고……하지만 여자만은 궁하지 않지." 기치는 잠깐 조키치의 얼굴을 보고 말했다. "조키치, 자네는 좀 노는 편이야?"

조키치는 그 순간 "아직"이라고 대답하는 것이 남자로서 수치스러운 듯해 가만히 있었다.

"에도 제일의 가지타로라는 가게 알아? 오늘밤 같이 가지. 걱정하

---

* 초기 신파극의 대표 배우 이이 요호를 가리킨다.

지 않아도 돼. 주책도 없이 자랑하려는 건 아니지만, 걱정하지 않아도 좋을 이유가 있으니까. 그곳과는 이만저만한 사이가 아니거든. 하하하하." 기치는 쓸데없이 웃었다. 조키치가 갑자기 말했다.

"게이샤는 비싸겠지?"

"조키치, 자네는 게이샤가 좋은 거야? 사치스럽군." 신파 배우 기치가 의외라는 듯 조키치의 얼굴을 돌아보고는 말했다. "대수롭지는 않아. 하지만 그 돈을 내고 여자를 사다니, 사람이 너무 좋은 거 아냐? 공원에 있는 요정을 두세 곳 알아. 데려가도록 하지. 만사는 마음먹기에 달린 법이야."

아까부터 끊임없이 서너 명씩 올라오는 구경꾼들 때문에 뒤쪽 입석은 상당히 혼잡해졌다. 앞 막부터 그대로 남아 있던 패거리 중에는 기다림에 지쳐 손뼉을 치는 자도 있었다. 무대 속에서 딱따기 소리가 간격이 길긴 했지만 그래도 점차 가까이 들려왔다. 조키치는 걸터앉은 들창에서 거북스럽게 일어났다.

"아직 한참 남았어." 기치가 혼잣말처럼 말했다. "조키치. 저건 딱따기라는 건데, 준비가 다 됐다고 배우들 방 쪽에 알리는 신호야. 막이 열리려면 아직도 한참 남았어."

그러고는 침착하고 여유 있게 궐련을 피우기 시작했다. "그래?" 조키치는 탄복한 듯이 대답하면서, 일어선 채 입석의 철봉 너머로 무대 쪽을 바라보았다. 기치와는 달리 주변의 딱따기가 무엇인지 알지 못하는 구경꾼들이 곧 막이 열릴 거라 생각하고 밖에서 나돌아다니다 각자의 자리로 돌아가느라, 하나미치와 무대 정면 관람석 사이는 양쪽으로 혼잡했다. 높이 자리한 옆쪽 관람석 뒤편의 가로닫이막 한쪽으로 석양빛이 비스듬히 들어와 공중에 자욱한 먼지와 담배 연기를 한 줄로 뚜렷이 비췄다. 조키치는 이 석양빛이 왠지 모르게 슬픈 듯해, 때마침 불어닥친 바깥바람을 맞아 커다랗게 파도치는 가로닫이막 위쪽을 바라보았다. 그곳에는 '이치카와 ○○님에게, 아사쿠사 공원 예기 일동'이라는 문구와 여러 게이샤들의 이름이 죽 쓰여 있었다. 한참 지나서 조키치가 물었다.

"기치, 저 가운데 아는 게이샤가 있어?"

"무슨 소리야. 공원은 우리 구역 안이거든." 기치는 일종의 굴욕을 느꼈는지, 거짓인지 진실인지 모르겠지만 막 위에 이름이 적힌 게이샤 한 사람 한 사람의 경력, 용모, 성격에 대해 끝도 없이 설명하기 시작했다.

딱따기가 딱딱 두 번 울렸다. 막을 여는 노래와 샤미센 소리가 들리기 시작하는 무대 한쪽 구석에서부터 가로닫이막이 점점 빨라지는 딱따기 가락에 맞춰 한쪽으로 밀려갔다. 입석에서는 벌써 배우의 이름을 부르는 소리가 들렸다. 무료했던 구경꾼들의 이야기 소리가 일시에 멈췄고, 극장 안에는 날이 밝는 듯한 밝음과 활기가 더해갔다.

8

오토요는 이마도 다리까지 걸어와서야 4월 중 지금이야말로 꽃이 만발하는 봄이라는 것을 비로소 깨달았다. 남편 없이 손 하나로 살아가는 살림에 쫓기다보니, 하늘이 파랗게 개어 해가 창으로 비쳐 들고 마주보이는 '미야토가와' 라는 뱀장엇집 문간에 서 있는 버드나무에 푸른색 싹이 나는 것을 보고서야 겨우 절기의 변화를 알 뿐이었다. 그래서 양쪽의 더러운 기와지붕 때문에 언제나 사방의 경치가 막혀 있는 낮은 지대의 변두리 골목에서 지금 갑자기 다리 위로 나와서 보니, 4월의 스미다 강은 일 년에 외출이라고는 두세 번밖에 하지 않는 어머니 오토요의 노안으로는 믿을 수 없을 만큼 놀라웠다. 활짝 갠 하늘 아래로 반짝이며 흐르는 물, 제방의 파란 풀, 그 위로 이어지는 벚꽃, 가지각색의 깃발이 나부끼는 대학의 보트 창고, 그 주변에서 사람들이 외치는 소리, 불꽃놀이 소리. 혼잡하게 나룻배에서 오르내리는 꽃구경 나온 사람들. 피곤한 어머니의 눈에는 주변 광경의 색채가 너무나 강렬했다. 오토요는 나루터 쪽으로 내려가기 시작했지만, 곧 두려운 듯 황급히 발길을 돌려 긴류잔 아래 그늘진 기와 거리*로 서둘러 갔다. 그리고 그곳을 지나는 이들 중 되도록 더러운 차, 되도록 무기력해 보이는 차부를 찾아 조심조심 말했다.

"아저씨, 고우메까지 싸게 해주세요."

오토요는 한가롭게 꽃구경 타령이나 하고 있을 상황이 아니었다. 이제 어찌해야 좋을지 알 수 없었다. 희망을 걸었던 외아들 조키치는 시험에서 떨어졌을 뿐만 아니라, 이제 학교에는 가고 싶지 않다, 학문은 싫다고 한다. 오토요는 어찌할 바를 몰라하다가, 오빠 라게쓰와 의논해보는 것 말고는 방법이 없다고 생각했던 것이다.

세번째로 흥정한 늙은 차부가 간신히 오토요가 원하는 품삯으로 고

---

* 아사쿠사의 이마도는 도쿄의 대표적인 기와 생산지였다.

우메까지 가기로 해주었다. 아즈마 다리에는 오후의 햇볕과 먼지 속에 나들이 인파가 넘쳤다. 오토요를 태운 늙은 차부는 옷을 차려입고 꽃구경 나온 젊은 남녀를 태우고서 기세 좋게 달리는 인력거 사이로 채를 움직이며 비틀비틀 걸어 다리를 건너자마자, 만발한 벚꽃에도 아랑곳없이 곧바로 나카노고로 돌아서 나리히라 다리로 나왔다. 그 언저리는 히키후네 거리로, 봄이라 해도 더러운 판자지붕 위로 그저 해만 밝게 내리쬘 뿐이었고 잠잠한 수로 물에 화창한 창공의 빛깔이 그대로 비치고 있다. 옛날에는 긴페이루의 최고 유녀로 불렸던 라게쓰의 연인은 솜을 둔 무명옷 옷깃 언저리에 수건을 걸치고 백분 중독으로 그을린 주름 많은 얼굴에 가득 햇빛을 받으며, 딱지치기나 팽이치기를 하는 한 무리의 아이들 말고는 오가는 사람이 거의 없는 길가의 격자문 앞에서 재양판에 천을 빨아 말리고 있었다. 인력거가 달려와 집 앞에 멈추고 거기서 오토요가 내리는 모습을 보고는, "어머, 이게 무슨 일이람. 봐요, 이마도의 선생님이 왔어요" 하고 열려 있는 격자문을 통해 집안에 알려주었다. 안에서는 남편 라게쓰 선생이 만년청 화분을 줄지어 놓은 툇마루 근처 작은 책상 앞에 앉아 하이카이의 품평 작업을 하느라 계속해서 바쁘게 천지인天地人 순서를 매기고 있었다.

썼던 안경을 벗고, 라게쓰는 책상에서 일어나 객실 한가운데에 자세를 고쳐 앉았다. 어깨띠를 풀면서 들어오는 아내 오타키와 자신을 찾아온 오토요는, 비슷한 나이의 늙은 여자끼리 몇 번이고 서로 양보하면서 머리 숙여 절을 하며 아주 오랫동안 인사를 나누었다. 인사를 하다가, "조키치도 건강하지요?" "네, 하지만 그 문제로 애를 먹고 있답니다"라고 문답을 주고받는 바람에 해야 할 얘기가 의외로 빨리 라게쓰 앞에 펼쳐졌다. 라게쓰는 조용히 담배꽁초를 털고 누구나 젊은 시절에는 방황할 수 있다, 자신도 그런 기억이 있지만 방황할 때는 부모의 의견도 원수의 의견으로밖에 들리지 않는다, 다른 사람들이 너무 엄하게 간섭하기보다는 오히려 마음 내키는 대로 내버려두는 편이 약이 될 수도 있다고 말했다. 그러나 눈에 보이지 않는 장래에 대한 공포로 가득차 있는 어머니의 좁은 마음은 이런 방면에 통달한 사람이 주장하는 방임주의를 도저히 받아들일 수 없었다. 오토요는 조키치가 꽤 오래전부터 자주 학교에 가지 않았고 그 때문에 자신의 막도장을 훔쳐 결석계를 위조하고 있었다는 상황을, 어두운 운명의 전조라도 되는 듯 목소리까지 죽이고 매우 장황하게 이야기했다.

"학교가 싫으면 어찌할 생각이냐고 물었더니, 뭐라는지 아세요? 배우가 되겠다는 거예요, 배우가. 아니, 어떻게 생각하세요, 오빠? 난 조키치의 근성이 그렇게까지 비뚤어져버렸다고 생각하면, 정말 억울해서 견딜 수가 없어요."

"거참, 배우가 되고 싶다?" 의아하게 여길 틈도 없이 라게쓰는 일고여덟 살 무렵 걸핏하면 샤미센을 노리개처럼 가지고 놀던 조키치의 성장 과정을 돌이켜보았다. "당사자가 굳이 하고 싶어한다면 어쩔 수 없는 이야기지만……곤혹스러운 일이군."

오토요는 자신의 처지야 집안의 불행 때문에 기예를 가르치는 선생으로 전락했지만, 아들마저 그런 천한 처지로 만들어서는 조상의 위패에 면목이 서지 않는다고 말했다. 라게쓰는 일가가 파산해 망한 옛날 이야기를 들으면, 의절까지 당한 방탕한 팔자인 자신은 무슨 얘기가 나오든 대머리에 빗질이라도 하고 싶은 듯한 당혹감을 느낀다. 원래 마음속으로는 예인 사회를 아주 좋아하다보니 오토요의 편벽한 생각을 공격하고 싶다고는 생각했지만, 그런 얘기를 했다가 다시 장황하게 '조상의 위패' 이야기를 꺼내면 견딜 재간이 없다는 것도 걱정이라 라게쓰 선생은 우선 그 자리를 원활하게, 오토요를 안심시키는 쪽으로 이야기를 매듭지으려 했다.

"어쨌든 일단 내가 설득을 해보지. 젊을 때 방황할수록 도리어 매듭을 짓기가 좋아. 오늘밤이든 내일이든 조키치에게 놀러오라고 말해둬. 내가 꼭 마음을 고쳐먹게끔 해볼 테니까, 그렇게까지 걱정하지 말라고. 세상일이란 실제로 해보면 지레 걱정했던 것보다 쉬운 법이야."

오토요는 아무쪼록 잘 부탁한다고 말하고는 오타키가 예의로 붙드는 것도 사양하고 집에서 나왔다. 봄의 석양이 아즈마 다리 맞은편으로 비스듬히 새빨갛게 물들어, 꽃구경을 하고 돌아가는 사람들의 혼잡한 모습이 한층 두드러져 보였다. 그중에서 오토요는 특히 활기차게 걸어가는 금빛 단추를 단 학생을 보자, 그들이 정말 대학생인지 아닌지 알지도 못하면서, 내 아이도 저런 훌륭한 학생으로 길러내고 싶어 몇 년간 여자 홀몸으로 생활과 싸워왔는데 지금은 생명과도 같은 희망의 빛이 완전히 사라져버렸다고 생각했고, 실로 견딜 수 없는 슬픔과 근심이 엄습해오는 것을 느꼈다. 오빠 라게쓰에게 부탁하긴 했지만 역시 안심할 수 없었다. 옛날에 도락가였기 때문만은 아니었다. 조키치가 뜻을 세우게 되려면 인간의 행위로는 도저히 미치지 않는 신령과 부처의 힘에 의지하지 않으면 안 된다는 생각이 들기 시작했다. 오토요는 가미나리몬에 도착해 인력거에서 내렸다. 이번에는 경내 상가가 붐비는 것을 전혀 신경쓰지 않고 서둘러 관음당으로 가서,

마음을 한데 모아 기도를 올린 후 길흉을 점치는 제비를 뽑아보았다. 낡은 종이쪽에 목판 인쇄로 다음과 같이 쓰여 있었다.

대길大吉

긴 강을 건너려 해도 폭이 너무 넓고
파도가 거칠고 배가 없어 건너기 어렵다.
파도가 잠잠해져 건너기 쉬울 때까지 가만히 기다려라.
한번 냉정한 마음으로 바늘을 준비한다면 큰 고기를 낚을 실마리를 얻을 수 있을 것이다.

오토요는 '대길'이라는 글자를 보고 적잖이 안심했지만, 대길은 오히려 흉凶으로 뒤집히기 쉽다는 것을 떠올리고 다시금 혼자서 이런저런 공포를 만들어내며 지친 채 집으로 돌아갔다.

9

오후부터 가메이도의 류간 사 경내에서 렌카* 모임이 있다고 해서 라게쓰는 그날 오전 찾아온 조키치와 함께 차에 밥을 말아 먹은 후, 고우메의 집에서 야나기시마 쪽으로 오시아게의 수로를 함께 걸으며

* 일본 중세와 근세에 유행했던 시가 양식.

이야기를 나누었다. 수로는 마침 한낮 썰물 때라 새까맣고 더러운 진흙 바닥이 보였고, 4월의 따뜻한 햇볕이 강하게 내리쬐어 시궁창 진흙의 악취가 진동하고 있었다. 사방에서 매연 검댕이 날아왔고, 사방에서 제조장 기계 소리가 들려왔다. 길가의 인가는 길보다 한 단 낮은 지면에 지어져 있어서, 아낙네들이 봄날의 햇빛에도 아랑곳없이 부지런히 부업을 하고 있는 어두한 집안의 모습이 통행로에서 환히 들여다보였다. 그런 작은 집들을 지나 길모퉁이에 이르니, 약을 파는 광고와 점술 광고와 함께 지저분한 판자벽에 붙은 여공을 모집한다는 벽보가 가는 곳마다 눈에 띄었다. 그러나 이 음울한 거리는 꾸불꾸불 이어지다가 얼마 지나지 않아 조금 오르막길이 되나싶더니 한쪽이 붉게 칠해진 묘켄 사 담과 맞은편 요릿집 하시모토의 기분좋게 빛이 바랜 판자울 덕분에 갑자기 풍경이 달라졌다. 이곳에서 가난한 혼조 1구區는 끝나고, 널다리가 놓인 강 건너편에는 들풀로 뒤덮인 제방 너머로 가메이도의 밭과 나무숲이 아름다운 전원의 봄 풍경을 펼치고 있었다. 라게쓰가 그 자리에 서서 말했다.

"내가 다니는 절은 강 건너편 기슭에 있어. 소나무 옆에 지붕이 보이지?"

"그럼 외삼촌, 여기에서 인사를 드릴게요." 조키치는 벌써 모자를 벗고 있었다.

"서두르지 마라. 목이 마르구나. 자, 조키치, 잠시 쉬었다 가자."

라게쓰는 묘켄 사 문 앞에서 붉게 칠한 판자울을 따라 갈대발을 둘러친 찻집으로 조키치를 데려가더니 먼저 자리에 앉았다. 이곳 역시 썰물로 인해 일직선 수로의 더러운 밑바닥이 드러나 있었지만 멀리

밭 쪽에서 불어오는 바람은 아주 상쾌했고 천신天神을 모신 신사 입구의 도리이가 보이는 건너편 제방 위에는 버드나무 새싹이 아름다운 녹색을 펄럭이고 있었으며, 바로 그 뒤 절 문 지붕에서는 참새와 제비가 끊임없이 지저귀고 있어, 여기저기 제조장 굴뚝이 몇 개나 서 있었음에도 불구하고 시가지에서 멀리 떨어진 봄날 오후의 한가로움을 기분좋게 음미하기에는 충분했다. 라게쓰는 한참 주변을 바라본 후, 넌지시 조키치의 얼굴을 엿보는 듯하다가 입을 열었다.

"좀전의 이야기는 들어주는 거시?"

조키치는 마침 차를 마시고 있었기 때문에 고개만 끄덕이고 대답은 하지 않았다.

"어쨌든 일 년 더 참고 견디도록 해라. 지금 다니는 학교만 졸업하면……어머니도 점점 늙어가는 나이고, 그렇게 완고한 말만 하지는 않을 테니까."

조키치는 그저 고개를 끄덕이고는 어딘지 모를 먼 곳만 바라보고 있었다. 썰물이 빠진 수로에는 흙을 실어나르는 배가 묶여 있었고 인부 두세 명이 그곳에서 제방 건너편 제조장으로 계속 흙을 나르고 있었다. 지나는 사람 하나 없는 이쪽 강가에, 뜻밖에도 돌연 인력거 두 대가 덴진 다리 쪽에서 달려와 두 사람이 쉬고 있는 절 문 앞에 멈췄다. 아마 성묘하러 왔겠지. 상인 집안 부인인 듯 마루마게를 한 여자가 일고여덟 살쯤 되어 보이는 딸의 손을 잡고 문 안으로 들어갔다.

조키치는 외삼촌 라게쓰와 다리 위에서 헤어졌다. 헤어질 때 라게쓰는 다시 걱정이 되는 듯, "그럼……" 하고 입을 열었다가 잠시 침묵한 뒤에 다시 말했다. "싫겠지만 당분간 참고 견디도록 해라. 부모에게 효행을 해둬서 나쁠 건 없어."

조키치는 모자를 벗어 가볍게 인사하고는, 그대로 달리듯 빠른 걸음으로 원래 왔던 오시아게 쪽으로 걷기 시작했다. 동시에 라게쓰의 모습은 잡초 새싹으로 뒤덮인 강 건너편 제방에 가려 보이지 않게 되었다. 라게쓰는 예순에 가까운 이 나이가 되도록 오늘만큼 난처하고 괴로운 감정에 시달린 적은 없었다고 생각했다. 여동생 오토요의 부탁도 무리는 아니었다. 동시에 조키치가 연극의 길로 들어가고 싶어 하는 희망 또한 정당하다고 생각한다. 한 치의 벌레에도 닷 푼의 영혼이 있듯이, 사람은 각자 기질이 있다. 좋든 싫든 무리하게 강요하는 일은 좋지 않다고 생각하기 때문에, 라게쓰는 양쪽 틈바구니에 끼여 이러지도 저러지도 못하고 어느 쪽에도 찬성할 수 없었다. 특히 라게쓰는 과거 자신의 경험을 돌이켜보면, 묻지 않아도 조키치의 마음속을 그 바닥의 바닥까지 분명하게 짐작하고도 남았다. 젊었을 무렵 자신 또한 대대로 내려온 어두한 전당포 앞에 앉아서, 화창한 봄날씨도 아랑곳없이 일만 하며 세월을 보내는 것에 얼마나 괴로워하고 얼마나 진저리쳤던가? 음침한 등불 아래에서 매매 장부에 입출금액을 적어 넣는 것보다, 강가의 밝은 이층집에서 고우타*나 샤레본**을 읽는 일이 얼마나 더 재미있었던가. 조키치는 수염을 기른 딱딱한 직장인 따위가 되기보다는, 자신이 좋아하는 기예로 세상을 살고 싶다고 했다. 저것도 일생, 이것도 일생이다. 그러나 라게쓰는 지금 부득이 충고하는 입장에 있는 한, 자신의 감상을 그렇게까지 밝힐 수는 없었기 때문

* 무로마치 시대에 시작되어 에도 시대 초기에 유행한 속곡(俗曲).

** 에도 시대 후기, 유곽을 소재로 한 소설.

에, 그의 어머니를 대했을 때처럼 그때뿐인 위안을 주는 것 말고는 방법이 없었다.

조키치는 어디나 비슷비슷하게 가난한 혼조 거리를 쏘다녔다. 지름길을 찾아 일직선으로 이마도의 집에 돌아가려는 것도 아니었다. 어디론가 길을 빙 돌아 놀다 돌아가려는 것도 아니었다. 조키치는 완전히 절망해버렸다. 배우가 되고 싶다는 자신의 주장을 끝까지 밀고 나가기 위해서는 동정심이 깊은 고우메의 외삼촌에게 의지하는 것 말고는 길이 없었다. 외삼촌은 반드시 자신을 도와줄 거라고 예상했지만, 그 희망은 완전히 무색해졌다. 외삼촌은 어머니처럼 정면에서 심하게 반대하지는 않았지만, 들으면 극락 같지만 실제로 보면 지옥 같다는 비유를 들면서 배우로서 성공하는 일의 어려움, 무대 생활의 고통, 예인 사회 속 교제의 번거로움 등을 장황하게 이야기한 뒤 어머니의 마음도 헤아려주었으면 한다는, 외삼촌이 충고하지 않아도 잘 아는 이야기만 계속했던 것이다. 조키치는, 인간이란 나이를 먹으면 젊은 시절에 경험했던 젊은 사람만이 아는 번민과 불안을 까맣게 잊어버리고, 다음 시대에 태어난 젊은 사람들의 처지는 전혀 고려하지도 않고 훈계, 비평할 수 있는 편리한 성질을 가졌다고 생각했으며, 나이를 먹은 사람과 젊은 사람 사이에는 도저히 일치되지 않는 차이가 있다는 것을 절감했다.

어디를 걸어도 길은 좁고 땅은 검고 축축했으며, 막다른 골목인가 하고 의심할 정도로 구불구불했다. 얇게 켠 널빤지로 이은 지붕에 낀 이끼, 부식된 토대, 기울어진 기둥, 더러워진 판자벽, 말려놓은 누더

기와 기저귀, 나란히 놓인 막과자와 부엌 세간 등, 음울한 작은 집들이 불규칙하게 끝도 없이 계속 이어졌고, 때때로 그 사이로 놀라울 만큼 커다란 대문이 보였는데 모두 제조장이었다. 기와지붕이 높게 솟은 곳은 낡은 절이었다. 낡은 절은 전체적으로 몽땅 허물어져, 부서진 담 너머로 묘지가 모두 보였다. 가장자리 경계마저 무너져버려 물웅덩이처럼 보이는 오래된 연못 속에는 다발이 되어 쓰러진 소토바*와 더불어 푸른 이끼 얼룩으로 뒤덮인 묘석이 여러 개 빠져 있었다. 물론 새로운 제물처럼 보이는 꽃 따위는 하나도 보이지 않았다. 오래된 연못에서는 한낮부터 개구리 소리가 들렸고, 작년 그대로 방치된 마른 풀은 물에 잠긴 채 썩어 있었다.

조키치는 문득 근처 집에서 나카노고타케초라는 마을 이름이 적힌 표찰을 보았다. 그리고 곧바로, 최근 애독한 다메나가 슌스이의 『매화 달력』을 떠올렸다. 아아, 박명한 저 연인들은 이런 으스스한 습지 마을에 살고 있었던 것인가. 그러고 보니 이야기 속 삽화와 닮은 대나무 울타리 집도 있었다. 대나무 울타리는 완전히 시들었고 그 밑동은 벌레가 먹어 밀면 쓰러질 것 같았다. 작은 문의 판자지붕 위에는 마른 버드나무가 가까스로 푸른 새싹이 돋아난 가지를 늘어뜨리고 있었다. 어느 겨울 오후, 남몰래 요네하치가 병이 든 단지로를 방문한 곳도 이런 초라한 집 대문간이었을 것이다. 한지로가 비 내리는 밤의 괴담 때문에 처음으로 오이토의 손을 잡은 곳도 역시 이런 집 어느 방이었을 것이다. 조키치는 뭐라 표현할 수 없는 황홀함과 비애를 느꼈다. 달콤

* 석가모니의 사리를 모셔놓고 공양하는 탑.

하고 부드럽다가도 순식간에 냉담하고 대범해지는 저 운명의 손에 농락당하고 싶은, 누를 길 없는 공상에 사로잡혔다. 공상의 날개가 펼쳐지는 만큼, 봄의 푸른 하늘이 이전보다 더 푸르고 넓게 보였다. 먼 곳에서 엿장수의 조선 피리 소리가 울려퍼지기 시작했다. 피리 소리는 생각지도 못한 곳에서 묘한 가락을 붙여 음조를 낮추었는데, 말로 표현할 수 없는 남모를 근심을 불러일으켰다. 조키치는 여태껏 가슴에 응어리져 있던 외삼촌에 대한 불만을 잠시 잊었다. 현실의 고민을 잠시 잊었다……

10

여름의 끝자락에서 가을로 옮겨갈 때의 날씨와 마찬가지로, 봄의 끝자락에서 초여름까지도 이따금 큰비가 내린다. 드문 일도 아니지만 센조쿠마치에서 요시와라단보까지는 예년처럼 홍수가 졌다. 혼조 또한 여기저기서 홍수가 난 듯하여, 라게쓰는 이삼일 뒤 볼일을 보고 돌아가는 저녁 무렵에 오토요가 사는 이마도 근처는 어떤지 안부를 물으러 들러보았는데, 홍수는 무사히 넘긴 대신 그보다도 훨씬 의외의 재난이 닥친 데 깜짝 놀랐다. 조카 조키치가 들것에 실려, 막 혼조의 격리병원으로 옮겨지는 소동이 한창 벌어지고 있었던 것이다. 어머니 오토요는 조키치가 센조쿠마치 근처에 홍수가 난 것을 보러 간다며 얇은 옷을 입은 채 저녁때부터 밤늦게까지 흙탕물 속을 걸어 돌아다닌 탓에 그날 밤부터 감기에 걸렸고, 금세 장티푸스로 발전했다는 의

사의 설명을 그대로 전하며 울면서 들것 뒤를 따랐다. 라게쓰는 어찌 할 바를 몰라 오토요가 돌아올 때까지 싫든 좋든 빈집을 지키기 위해 집에 남았다.

집안은 구청에서 나온 사람이 유황 연기와 페놀로 소독을 한 뒤라 마치 연말 대청소나 이사를 한 것같이 어수선한데다, 인기척이 없는 쓸쓸함이 더해져 마치 장례식에서 관을 내보낸 뒤와 비슷한 느낌이었다. 밤이 되면서 세상을 꺼리는 듯 해가 지기 전부터 빈지문을 닫아둔 문밖으로 돌연 강풍이 불기 시작했는지, 온 집안의 빈지문이 덜컹거리기 시작했다. 날씨는 몹시도 쌀쌀해져, 때때로 부엌문의 찢어진 장지에서 방안까지 바람이 불어와 어둑한 램프 불을 불어 끄려는 듯 흔들어댔다. 그때마다 검은 연기에 유리가 흐려졌고, 어지럽게 흐트러진 가구의 그림자가 더러운 다다미와 종이가 벗겨진 벽 위로 움직였다. 그때 어딘지 이웃집에서 나무아미타불 염불을 외우기 시작하는 소리가 갑자기 애처롭게 들려왔다. 라게쓰는 그저 혼자 무료했다. 심심하기도 했다. 어쩐지 쓸쓸한 기분도 들었다. 이럴 때 술이 없어서는 안 된다는 생각에 부엌을 돌아다니며 찾아보았지만, 여자 혼자 살림인 탓에 술잔 하나도 보이지 않았다. 현관 창가로 돌아와 빈지문 하나를 살짝 열고 거리를 바라보았지만, 건너편 처마등에는 술집 같은 표시는 전혀 보이지 않았고 변두리 거리는 초저녁임에도 벌써 대부분 문이 닫혀 있었으며, 음울한 염불 소리만 오히려 똑똑히 들릴 뿐이었다. 강 쪽에서 세차게 불어오는 바람 때문에 지붕 위 전선이 휙휙 소리를 냈고, 또렷한 별빛에 바람 부는 밤은 갑자기 겨울이 된 듯 춥게 느껴졌다.

라게쓰는 하는 수 없이 빈지문을 닫고, 다시 램프 아래에 앉아 줄담배를 피우면서 괘종시계의 바늘이 움직이는 것을 바라보았다. 때때로 쥐가 무시무시한 소리를 내며 천장 위를 달렸다. 문득 라게쓰는 주변에 뭔가 읽을 책이라도 없나싶어 장롱 위와 벽장 속을 여기저기 들여다보았지만, 책이라고는 도키와즈 교본과 낡은 책력 정도밖에 눈에 띄지 않아 결국 램프를 한쪽 손에 들고 조키치의 방이 있는 이층으로 올라갔다.

책상 위에 책이 몇 권이나 포개져 있었다. 삼나무 판자로 만든 책장도 있었다. 라게쓰는 지갑 속에 끼워둔 돋보기를 품에서 꺼내 먼저 양장 교과서를 무척 신기한 듯 한 권 한 권 펼쳐보았는데, 그러는 동안 뭔가가 툭 하고 다다미 위로 떨어지기에 집어들고 보니 봄옷을 입고 게이샤 차림을 한 오이토의 사진이었다. 살그머니 원래대로 책 사이에 넣어두고 계속해서 그 주변의 책을 한 권 한 권 별다른 생각 없이 뒤져보는데, 이번에는 뜻밖의 편지 한 통과 맞닥뜨렸다. 편지는 마무리를 하지 않은 채 쓰다 만 것 같았고, 찢어진 두루마리와 더불어 도중에 끊겨 있었지만 읽을 수 있는 문장으로도 충분히 전체 의미를 이해할 수 있었다. 조키치는 한번 헤어진 오이토와 서로 다른 처지 때문에 이제 나날이 그 마음마저 멀어져 귀한 소꿉동무의 인연도 결국에는 생판 모르는 타인 같은 사이가 될 것이라며, 때때로 편지를 주고받더라도 어쩔 수 없이 감정이 일치하지 않는 것을 세세하게 원망하고 있었다. 그래서 배우나 예인이 되겠다고 마음을 먹었지만 그 바람도 끝내 이룰 수 없고, 덧없이 이발소 아들 기치의 행복을 부러워하면서 매일 멍하니 목적도 없는 시간을 보내고 있으니 어리석을 뿐이다. 지금은 자살할 용기조차 없기 때문에 병에라도 걸려 죽으면 좋겠다고 쓰여 있었다.

라게쓰는 이렇다 할 이유도 없이, 조키치가 홍수 속을 걸어 병에 걸린 것은 고의로 한 일이며 완쾌하리라는 희망은 이미 완전히 사라진 듯, 실로 덧없음을 느꼈다. 자신은 그때 왜 그런 마음에도 없는 소리를 하여 조키치의 희망을 방해했던가, 후회의 심정에 시달렸다. 라게쓰는 다시 한번, 무심코 여자 때문에 방황하여 부모 집에서 쫓겨났던 젊은 시절을 돌이켜보았다. 자신은 어떤 일이 있어도 조키치의 편이 되어주어야만 했다. 조키치를 배우로 만들어 오이토와 짝을 지어주지 않으면, 대대로 이어온 집안을 파산시킨 뒤로도 지금까지 이 뜬세상에서 고생한 보람이 없다. 화류계에 정통하다고 자부하는 쇼후안 라게쓰의 이름이 부끄러울 거라고 생각했다.

쥐는 다시 갑작스럽게 천장 위를 달렸다. 바람은 아직 멎지 않았다. 램프 불은 끊임없이 흔들리고 있었다. 라게쓰는 하얀 피부에 눈이 크고 맑은 갸름한 얼굴의 조키치와 둥근 얼굴에 입가에는 애교가 있고 눈꼬리가 올라간 오이토, 젊고 아름다운 그 두 사람의 모습을 닌조본* 작가가 권두화의 도안이라도 생각하듯 몇 번이고 나란히 마음속에 그렸다. 그리고 어떠한 열병에 걸렸더라도 죽지 마라, 조키치, 안심해라, 내가 함께해주마, 하고 마음속으로 외쳤다.

---

* 서민의 연애 생활 등을 주제로 한 풍속소설로 에도 시대 말기에 유행했다.

불꽃

점심을 먹다가 젓가락을 집으려는데 어디선가 펑 하는 불꽃 소리가 났다. 장마도 겨우 끝이 보이는 흐린 날이었다. 시원한 바람이 창에 걸린 발을 끊임없이 흔들고 있었다. 주변을 둘러보니 좁은 뒷골목 집집마다 모두 국기가 걸려 있었다. 국기가 없는 곳은 우리집 격자문뿐이었다. 나는 비로소 오늘이 도쿄 시의 유럽전쟁강화 기념제 날이라는 것을 떠올렸다.

점심식사를 마치고, 나는 어제부터 바르기 시작한 벽장의 벽을 마저 바르기 위해 수건으로 한쪽 소맷자락을 비스듬히 묶어 올리고 솔을 집었다.

작년 연말 즈음, 더구나 눈이 간간이 내리기 시작한 날이었다. 이 골목 안쪽 집으로 이사한 그날부터 벽장의 벽토壁土가 좌르르 떨어지는 것이 마음에 걸려 견딜 수 없었지만, 어느새 그대로 반년이나 지나 버렸다.

집에 아직 어머니도 건강히 계시고 아내도 있던 작년 무렵, 넓은 이층 툇마루에서 평온한 음력 10월의 햇볕을 쬐며 장서를 배접褙接한 적이 있었다. 그러고 나서 언제부턴지 모르게 나는 일이 없어 심심할 때면 이따금 풀칠하는 일을 하게 되었다. 나이를 먹으면 점점 이상한 버릇이 생긴다.

나는 평소 글씨 연습을 한 종잇조각이나 언제 쓰고 버렸는지 모를 초고 쪼가리, 친구들 편지지 등을 한 장 한 장 무엇이 쓰여 있는지 열심히 되풀이해 읽으면서 벽장에 발랐다. 불꽃은 계속 올라갔다.

그러나 골목 안은 이상하리만큼 조용했다. 큰길에 무슨 일이 있으면 금세 이쪽저쪽에서 격자문이 열리는 소리와 동시에 달려나가는 사람들의 나막신 소리가 나는데, 오늘만은 아이들이 떠드는 소리도 근처 아낙네들이 이야기하는 소리도 들리지 않았다. 골목길 막다른 곳에 있는 도금집의 줄소리도 들리지 않았다. 모두 히비야나 우에노로 나간 것이 틀림없다. 불꽃 소리를 따라 귀를 기울이자 사람들이 외치는 소리도 희미하게 들려왔다. 나는 벽에 바른 초고를 읽으면서, 문득 내가 세상으로부터 얼마나 멀리 떨어져 있는 신세인지 느꼈다. 스스로 생각해도 이상했다. 슬프고 쓸쓸한 듯한 느낌도 들었다. 왜냐하면 나는 굳은 의지로 일부러 세상으로부터 멀어지려 생각한 건 아니기 때문이다. 어느새 저절로 이렇게 고독한 신세가 되어버려서다. 나와 세상 사이에는 이제 무엇 하나 직접적으로 관계가 있는 게 없다.

시원한 바람은 더러운 발을 끊임없이 흔든다. 흐린 하늘은 발 너머로 꿈꾸는 듯 유달리 어두침침하다. 불꽃 소리는 점점 기세가 올랐다. 학교나 공장이 쉬고, 거리 구석구석에 삼나무 잎을 연결한 아치가 세워지고, 큰길가 상점에는 홍백의 휘장이 둘러쳐지고, 국기와 제등이 내걸리고, 신문 1면에 읽기 어려운 한문 투의 축사가 실리고, 사람들이 줄지어 히비야나 우에노로 나간다. 때에 따라서는 게이샤들이 줄을 지어 지나간다. 밤이 되면 제등 행렬이 열리고, 어린아이들과 할머니들이 짓밟혀 죽는다……그런 축제일의 모습이 떠올랐다. 이것은 새로운 메이지 시대가 서양을 모방하여 새롭게 만들어낸 현상 중 하나였다. 도쿄 시민들이 에도 시대 때부터 순수하게 전승해온 고장의 수호신 제례와 불사佛寺 공개 행사와 비교해보면 그 외형과 정신이 완전히 다르다. 지역의 수호신 제례 때는 동네 젊은이들이 배 터지게 먹고 마셨고 어린 점원과 고용인들도 팥을 넣은 찰밥을 얻어먹었다. 새로운 형식의 축제에는 그런 것 대신 여러 정치적 책략이 숨어 있다.

나는 아이 때부터 봐와서 익숙해진 새로운 축제일의 모습을 나도 모르게 회상했다.

1890년 2월에 헌법발포 축하제가 있었다. 아마 이것이 내가 기억하는 최초의 사회적 축제일일 것이다. 헤아려보니 열두 살 봄, 고이시카와의 집에 있을 때였다. 추웠기 때문에 어디든 밖에는 나가지 않았지만 이 축제일부터 제등 행렬이 시작된다는 사실은 알고 있었다. 또한 국민이 국가에 대해 외치는 '만세'라는 말을 익힌 것도 확실히 이때부터였다고 기억하고 있다. 왜냐하면, 그 무렵 나의 아버지는 제국대학에서 근무하셨는데, 그날 저녁때 짚신을 신고 빨간 어깨띠를 양복 어깨에 두르고 빨간 제등을 가지고 나가셔서 밤늦게 돌아오셨기 때문이다. 아버지는 그때, 오늘밤은 대학생들을 많이 데리고 나가 니주 다리 쪽으로 천천히 행진하며 만세 삼창을 했다고 이야기하셨다. 만세라는 말은 영어의 어떤 단어로부터 가져온 것인데, 서양에서는 학자들과 학생들이 열을 지어 행진하며 무언가를 하는 일이 자주 있다고 먼 나라 이야기를 하셨다. 그러나 내게는 왠지 이상한 듯 느껴졌고 그 의미도 잘 이해할 수 없었다.

하지만 그날 아침, 나는 지대가 높은 절벽 위에 서 있는 고이시카와 집 툇마루에서 여러 깃발들이 담 밖 거리를 지나가는 광경을 보았다. 그리고 깃발에 쓰여 있는 문자를 통해 나는 그날의 행렬이 그 무렵 흔했던 후지 산을 믿는 신앙 단체와 오야마 참배 단체* 등과는 전혀 성격이 다르다는 사실만 그럭저럭 알고 있었던 것 같다.

오쓰 거리에서 러시아 황태자가 순사에게 칼부림을 당했다.** 이 소동이 전국의 조정과 민간을 모두 놀라 떨게 했던 것은 사실인 듯하다. 나는 어린아이였지만 무엇인지 알 수 없는 공포를 느꼈던 일을 기억하고 있다. 그 무렵 가토 기요마사***가 아직 조선에 살아 있다든가, 홋카이도에 숨어 있는 사이고 다카모리****가 일본을 도우러 올 거라든가 하는 등의 소문이 돌았다. 그런데 이 같은 유언비어가

---

* 영험한 산이라고 알려진 오야마 산에 있는 아후리 신사를 참배하는 신앙 단체들.

** 1891년 러시아 황태자 니콜라이가 비와 호수 관광을 마치고 오쓰를 지나다 경비중이던 경관에게 상해를 입은 사건.

*** 도요토미 히데요시를 섬긴 무장, 임진왜란 때 조선 침략의 선봉에 섰다.

**** 메이지유신의 주역 중 한 명이었으나 1873년 정한론(征韓論) 문제로 하야, 1877년 정부와 벌인 세이난 전쟁에서 패하고 자살했다.

어쩐지 두려워 결국 우리 같은 어린아이들까지 동요했다. 지금 회상하면 그 무렵 도쿄는 일본에 내항한 서양 함선에 대한 소문이 돌던 에도 시대와 마찬가지로 쥐죽은듯 침침했고, 길 가는 사람들의 발소리는 조용하고 개 짖는 소리도 쓸쓸하며 서풍에 나무 흔들리는 소리만 들렸던 듯하다.

축제와 소동은 세상이 왁자지껄하다는 점에서 서로 닮았다.

열여섯 살 여름, 나는 오카와바타의 수영장에 다니고 있었다. 어느 날 저녁, 나는 강 속에서 신문팔이가 호외를 뿌리며 강변을 따라 난 거리를 큰 소리로 외치면서 달려가는 것을 보았다. 그것이 청일전쟁의 시작이었다. 다음해 오다와라의 오니시 병원이라는 곳에서 요양을 하고 있을 때, 시모노세키조약*이 맺어졌다. 그러나 수도에서 벗어나 있는 병원 내부에서는 이 요동반도 반환**에 대해 분하게 여기는 목소리조차 전혀 반향을 불러일으키지 못했다. 단지 약국 서생이 어느 날 아침 커다란 목소리로 신문 사설을 낭독하는 것을 들었을 뿐이다. 나는 그 무렵부터 하쿠분칸에서 출판하기 시작한 제국문고를 제1권 『다이코키』***부터 잇따라 열심히 탐독하고 있었다. 여름에는 매실이 익고 겨울에는 밀감이 물드는 저 오다와라의 옛 역참은 나에게 일생에서 가장 평화롭고 행복한 기억만을 남겼다.

---

* 1895년 4월 시모노세키에서 체결한 청일전쟁 강화조약.

** 시모노세키조약의 결과로 청나라로부터 할양된 중국 요동반도를 다시 반환하게 되었다.

*** 도요토미 히데요시의 일대기.

1898년에 도읍지를 정한 지 삼십 년이 된 것을 기념하는 축제가 우에노에서 열렸다. 벚꽃이 피어 있던 것으로 보아 4월 초였음이 틀림없다. 행사장 밖 넓은 길에서 많은 사람들이 밟혀 죽었다는 소문이 있었다.

1904년 러일전쟁 개전을 안 것은 미국 워싱턴 주 터코마에 있을 때였다. 물론 나는 호외를 손에 쥐고 매우 감격했다. 몹시도 행복에 찬 감격이었다. 나는 원나라가 습격했을 때처럼 외적이 고향 들판을 침범하고 동포를 도륙하러 오는 것이라고는 생각지 않았다. 만일 최악의 상황이 된다 하더라도 근대 문명의 정신과 세계 국제 관계가, 한 국가가 그처럼 슬픈 지경에 이르도록 내버려두지는 않을 것 같았다. 기독교 신앙과 로마 이후의 법률 정신에는 아직도 의지할 만한 힘이 있다고 믿어버렸던 것이다. 아무리 전쟁이라 하더라도 사람으로 태어난 이상 이번에 독일인이 벨기에에서 벌인 일과 같은 죄악을 감히 행할 수는 없을 것이라고 생각했었다. 즉 나는 호외를 보고 감격했지만, 곧바로 부모의 신상을 우려할 만큼 절박한 감정은 없었던 것이다. 하물며 보도되는 내용은 모조리 승리였다. 전승의 영화가 내 몸을 오랫동안 평온히 타향 천지에서 놀게 해주었다. 그래서 나는 1905년 한여름에 도쿄 시민들이 어떻게 시내 경찰서와 기독교 교회를 불태웠는지, 또한 순사가 어떻게 시민을 베었는지, 그러한 것들은 전혀 알지 못한 채 그해를 보냈다.

1911년 게이오기주쿠 대학에 통근할 무렵, 나는 학교에 가는 길에 때마침 죄수들을 실은 마차가 대여섯 대나 연달아 요쓰야 거리에서 히비야 재판소 쪽으로 가는 것을 보았다.* 지금까지 여러 세상 사건을 보고 들었지만, 이때만큼 말로 표현할 수 없는 혐오스러운 기분을 느낀 적은 없었다. 나는 문학가인 이상 이런 사상 문제에 대해 침묵해서는 안 되었다. 소설가 에밀 졸라는 드레퓌스 사건에 대한 정의를 외치고 국외로 망명하지 않았던가. 그러나 나는 세상의 다른 문학가들과 마찬가지로 아무것도 말하지 않았다. 양심의 가책에 견딜 수 없을 것 같았다. 문학가라는 사실에 스스로 심한 수치심을 느꼈다. 그후 나는 내 예술의 품위를 에도 시대의 희작자**들의 작품 수준으로 끌어내리는 것보다 좋은 방법은 없다고 생각했다. 그 무렵부터 나는 담뱃갑을 차고 우키요에를 모으고 샤미센을 켜기 시작했다. 나는 에도 시대 말의 희작자들과 우키요에 화가들이 우라가에 서양 함선이 출현하든 사쿠라다몬에서 다이로가 암살을 당하든*** 그런 일은 서민이 관여할 일이 아니라고, 이러쿵저러쿵 아뢰는 것이 도리어 황송한 일이라고 넘기고 음서를 쓰고 춘화나 그리던 그 순간의 속마음을 어이없어하기보다 오히려 존경하려 마음먹은 것이다.

그리하여 1913년 3월 어느 날, 나는 야마시로가시로 가는 길에 있

---

* 1910년 사회주의자 몇 명이 천황 암살을 계획했다는 이유로 수많은 사회주의자, 무정부주의자가 검거되어 사형을 당했다.

** 에도 중기 이후 발달한 속문학인 희작을 업으로 삼는 통속소설가.

*** 1860년 3월, 천황의 허락 없이 서양과 가조약을 맺은 다이로(大老) 이이 나오스케가 에도 성곽 문인 사쿠라다몬에서 암살당했다.

는 어느 여자의 집에서 샤미센을 배우고 있었다. (지나다니는 길 안쪽에 위치한 그 집에는 아담하고 작은 문과 작은 정원이 있었으며, 손 씻는 물을 떠놓는 그릇 곁에는 특이하게도 동백나무 고목이 있어 박새와 휘파람새가 찾아왔다. 집이 빽빽이 들어선 시내 뒷골목에는 띄엄띄엄 생각지도 않은 곳에 사람들에게 알려지지 않은 조용한 은신처와 이나리 사당이 있다.) 그때 갑자기 골목 안이 소란스러워졌다. 도랑을 덮은 널빤지 위를 달려가는 사람들의 발소리에 뒤이어 순사의 허리칼 소리도 들렸다. 그 때문인지 주오 신문사의 인쇄기 소리도 한동안 지워진 듯 들리지 않았다. 나는 아담하고 작은 문을 열고 살짝 고개를 내밀어 보았다. 우유 배달원처럼 버선발에 메리야스 셔츠를 입고 수건을 머리에 두른 남자 네다섯 명이 골목을 달려 수로 가장자리 쪽으로 지나갔다. 그 뒤에서는 근처를 돌아다니던 요리 배달원이 비껴 마주보이는 집 부엌 출입구에 서서 고쿠민 신문사 화재 소문을 전하고 있었다. 나는 발돋움을 해보았다. 그러나 연기도 보이지 않아서 다시 안으로 들어와 그대로 벌렁 누워 낮잠을 자버렸다. 이동식 각로가 정말 딱 좋게 따뜻했기 때문이다. 저녁을 먹고 밤 여덟시가 지나 너무 추워지기 전에 집으로 돌아가려고 스키야 다리 쪽으로 나왔을 때 파출소가 불타고 있는 것이 보였다. 전차는 없었다. 긴자 거리는 구경꾼들로 섣달 대목장 때보다도 북적거렸다. 네거리마다 있는 파출소가 한창 불타고 있었다. 도로 한가운데에는 석유통이 내팽개쳐져 있었다.

히비야로 왔더니 순사들이 검은 울타리를 친 듯 통행을 막고 있었다. 폭도가 조금 전 경시청에 돌을 던졌다든가 하는 이야기가 들렸다.

나는 사쿠라다혼고초 쪽으로 발길을 돌렸다. 1905년 소동이 있었을 때 순사에게 칼부림을 당한 사람이 많았다는 이야기가 생각났기 때문이었다. 도라노몬 밖에서 겨우 인력거를 찾아 탔다. 어두컴컴한 가스미가세키에서 나가타초로 나오려 하자 각 성省 대신들의 관사를 경호하는 군대에서 그곳 또한 통행을 금지시키고 있었다. 미야케자카로 돌아와서 고지마치 대로로 돌아 우시고메의 변두리에 있는 집에 도착한 것은 한밤중이 지나서였다.

세상은 그후 조용해졌다.

1915년 11월 중순이라고 기억하고 있다. 도쿄 내 신문은 도쿄 각지의 게이샤들이 즉위식 축하제 당일 나름대로 차림새를 바꾸고 니주다리 쪽으로 천천히 행진하며 만세를 연호했다는 내용을 전했다. 이런 국가적 또는 사회적 축제일 즈음에 소학교 학생들이 반드시 니주다리 쪽으로 행진을 하게 된 것도 생각해보면 우리가 이미 중학교에 진학하고 난 뒤의 일이다. 구청에서 행렬이 지나는 길 뒷골목에 있는 집들까지 국기를 내걸도록 명령한 것 또한 아직 이십 년도 지나지 않았을 것이다. 이런 관료적 지도가 성공하게 되자 마침내 연지와 분을 바른 매춘하는 여자들도 억지 강요에 못 이겨 백주대로를 행진하기에 이르렀다. 현대사회의 추세는 그저 불가사의하다고밖에 말할 수 없다. 이날 게이샤들의 행렬은 도리어 구경하려고 모여든 구경꾼들에게 밀려났고, 경호하던 순사들도 도움이 되지 않아 끝내 엉망진창이 되어버렸다. 그날 밤 나는 그곳에 있었던 사람한테서 여러 가지 이야기를 들었다. 구경꾼들은 처음에는 조용히 길 양쪽에 서서 게이샤의 행렬을 기다리고 있었지만, 시시각각 모여드는 인파 때문에 점점 앞쪽으로 밀려갔다. 이윽고 게이샤들이 줄을 지어 걸어왔을 무렵, 군중들은 길 양쪽에서 밀리고 밀려 한꺼번에 우르르 게이샤들의 행렬에 가까이 붙어버렸다. 행렬과 구경꾼들이 엉망진창으로 뒤섞이자마자 평소 게이샤의 영화를 시샘했던 민중들은 야만스럽고 저속한 마음에 의분을 섞어 기괴하고 추하고 저급한 폭행을 대낮의 혼잡함 속에서 거리낌없이 가했다. 게이샤들은 비명을 지르며 간신히 목숨만 부지해 제국극장과 그 외 근처 회사로 도망쳐 들어갔고, 군중은 이리처럼 이들을 뒤쫓아 우르르 밀려들어 건물 문을 부수고 창문에 돌을 던졌다. 그날 게이샤 가운데 행방불명된 사람과 능욕을 당하고 혼절하거나 정신이 이상해진 사람이 여러 명에 이르렀다 한다. 그러나 게이샤 조합은 이 일을 굳게 비밀로 하고 몰래 동료들로부터 의연금을 거두어 그 희생자들을 위로했다는 이야기였다.

옛날에는 축제 때 노름꾼들이 싸움을 벌였다. 현대에는 축제 때 여자들이 밟혀 죽는다.

1918년 8월 중순, 입추가 지나고 사오일 뒤였다. 일 년 중 가장 무더운 때였다. 그 무렵 이노우에 아아와 발행하던 잡지 『가게쓰』의 편집을 마치고 집에 가는 그를 배웅하면서 가구라자카까지 바람을 쐬러 나갔다. 사카나마치에 도착해 전차에서 내리자 큰길은 여느 때처럼 바람을 쐬러 나온 인파로 북적거렸지만 야시장 노점상들은 어쩐지 낭패스럽다는 모습으로 방금 차려놓은 가게를 닫고 있었다. 소나기가 올 것 같지도 않은데. 유심히 보니 순사가 빈번히 왔다갔다하고 있었다. 옆 골목으로 돌아들어가 보니 처마를 맞대고 죽 늘어선 게이샤 집들이 모두 문을 닫은 채 등불을 껐고, 쥐죽은듯 아무 소리도 나지 않았다. 큰길로 다시 나와 맥줏집에서 쉬고 있자니 서생처럼 보이는 남자가 긴자의 상점과 신바시 근처의 게이샤 집들이 박살난 이야기를 했다.

나는 비로소 쌀값 폭등 소동*을 알았던 것이다. 그러나 다음날 신문에 이에 관한 기사는 실리지 않았다. 나중에 이야기를 들어보니 소동은 늘 저녁때 시원해지고 나서 시작되는 모양이었다. 그 무렵은 매일 밤 달이 좋았다. 나는 폭도들이 시원해지고 달이 뜬 저녁때 부호들의 집을 위협한다는 이야기를 듣고서, 왠지 거기에 어떤 여유가 있는 듯한 느낌이 자꾸만 들었다. 소동은 오륙일 계속되다가 잠잠해졌다. 때마침 비가 내렸다. 나는 오래 살았던 우시고메의 집을 여전히 떠나지 않고 있었기 때문에, 오랜만에 내리는 비와 더불어 정원에 한꺼번에 울리는 벌레 소리와 나무에 불어오는 바람 소리에 마침내 그해 가을도 깊어졌다는 것을 알게 되었다.

이윽고 11월도 월말에 가까워져 나는 이미 집을 잃은 채, 이제부터 앞으로 어디에 병든 몸을 숨겨야 할지 목표도 없이 셋집을 구하러 나갔다. 히비야 공원 밖을 지나는데 한 무리의 직공들이 연노란색 작업복을 입고 조합 깃발을 선두에 세우고는 대오를 맞춰 천천히 행진하는 것이 보였다. 그날은 유럽휴전기념 축일이었다. 병을 앓게 된 뒤 오랫동안 세상을 보지 않았던 나는, 이날 돌연히 도쿄 길거리에서 전에 프랑스에 있을 때 자주 보았던 연노란색 노동복을 입은 직공들의 행렬과 마주치고는 세상이 이렇게까지 변했나 싶었다. 정신이 번쩍 드

* 1918년 7월에서 9월에 걸쳐 민중들이 쌀 가격 인하를 요구하며 쌀가게, 부호, 경찰 등을 습격했고, 이는 전국적 저항으로 번졌다.

는 듯한 기분이었다.

쌀 소동의 소문은 흔히 그렇듯 정당이 꾸민 일 같은 느낌이 들었지만, 양장을 한 직공 단체가 조용히 열을 이루어 행진하는 모습에는 움직이기 어려운 시대의 힘과 생활의 비애가 나타나 있는 듯했다. 나는 이미 십여 년 전 오랜만에 고향 천지를 보았을 무렵 무심코 생각했던 여러 문제를 여기서 다시 상기했다. 눈에 보이는 현실의 실체가 긴 세월 오랫동안 에도를 회고하는 꿈에만 탐닉했던 나를 마침내 불러 깨우려는 것일까? 만약 그렇다면 나는 스스로 그 불행을 한탄해야 한다.

불꽃은 계속 올라가고 있었다. 나는 솔을 내려놓고 담배를 한 대 피우면서 밖을 보았다. 여름날은 흐렸지만 한낮 그대로 밝았다. 장마가 개는 조용한 오후와 살짝 흐린 늦가을 저녁때만큼 이런저런 생각에 빠지기 좋은 시간은 없을 것이다……

에도 문화에 탐닉한 반시대적 문명비평가

19세기에 태어난 일본 근대문학가 중에서 나가이 가후만큼 문학적 활동기가 긴 작가는 그리 많지 않다. 메이지유신 직후 미국으로 유학을 갔던 고급관료이자 유명한 한시 작가였던 아버지 밑에서 자란 나가이 가후는, 청소년 시절부터 학교 생활이나 현실에 필요한 공부보다는 소설이나 라쿠고, 가부키, 하이쿠 등 문예 방면에 관심이 높았다.

문학 창작의 길에 들어선 나가이 가후는 초기에는 주로 프랑스 문학, 그중에서도 졸라이즘에 경도되어 『지옥의 꽃』 등 자연주의 계열의 작풍으로 문단에 데뷔했다. 졸라이즘은 당시 일본 문인들에게 니체주의와 더불어 낡은 도덕이나 문예에 대한 반항으로 받아들여졌다. 한시 작가였지만 문예를 남자의 여기餘技로 생각했던 가후의 아버지는 아들이 실업가가 되었으면 하는 희망에서 미국으로 건너가 공부를 하고 더불어 현실적 직업을 경험하기를 바랐다. 나가이 가후도 서양을 체험하고 싶었기에, 특히 프랑스와 프랑스 문학을 체험하겠다는 일념으로 1903년부터 1908년에 이르기까지 미국과 프랑스에서 공부를 하며 더불어 일본공사관, 은행지점 등 여러 직장을 다니게 된다.

나가이 가후는 계속 프랑스 파리에 머물며 프랑스 문화와 예술을 체험하고 싶었지만 1908년 결국 아버지의 명령으로 귀국한다. 미국과 프랑스를 경험하고 귀국한 그는 천박하고 외면적인 일본의 근대문명을 신랄하게 비판하면서 퇴폐적이고 향락적인 문학작품을 쓰기 시작한다. 가후는 모리 오가이와 우에다 빈의 추천으로 게이오 대학 문학부 교수로 취임하고, 문학잡지 『미타분가쿠』를 주관하면서는 일본 탐미주의 문학의 중심인물이 된다.

그러나 이 책에 실린 「불꽃」 가운데 다음과 같은 문장을 보면 당시 억압적인 시대적 분위기가 문학가로서 나가이 가후의 태도를 결정짓는 데 상당한 영향을 끼치고 있음을 알 수 있다.

> 1911년 게이오기주쿠 대학에 통근할 무렵, 나는 학교에 가는 길에 때마침 죄수들을 실은 마차가 대여섯 대나 연달아 요쓰야 거리에서 히비야 재판소 쪽으로 가는 것을 보았다. 지금까지 여러 세상 사건을 보고 들었지만, 이때만큼 말로 표현할 수 없는 혐오스러운 기분을 느낀 적은 없었다. 나는 문학가인 이상 이런 사상 문제에 대해 침묵해서는 안 되었다. 소설가 에밀 졸라는 드레퓌스 사건에 대한 정의를 외치고 국외로 망명하지 않았던가. 그러나 나는 세상의 다른 문학가들과 마찬가지로 아무것도 말하지 않았다. 양심의 가책에 견

딜 수 없을 것 같았다. 문학가라는 사실에 스스로 심한 수치심을 느꼈다. 그후 나는 내 예술의 품위를 에도 시대의 희작자들의 작품 수준으로 끌어내리는 것보다 좋은 방법은 없다고 생각했다. (185쪽)

여기에는 나가이 가후의 작품세계를 일관하고 있던 과거 회귀, 즉 에도 정서 지향의 글쓰기가 배태된 이유가 잘 나타나 있다. 나가이 가후가 프랑스에서 귀국한 이후 창작한 작품들 속에는 전통적인 에도 문화에 대한 동경과 더불어 메이지의 근대 문명에 대한 비판이 그려져 있었다. 그러나 자신이 쓴 작품에 대한 연이은 발매금지와 대역大逆 사건으로 상징되는 억압적 시대 상황 속에서 그는 누구보다 문학가로서 무력감과 수치심을 느끼고 에도 시대 통속문학인 희작戱作 문학가의 자세를 취하게 되었다. 이런 점 때문에 그의 과거 회귀적이고 현실 방관적인 작품은 곧 근대 문명에 대한 비판적이고 반시대적인 태도로 수렴되었다.

한편 에도 문화를 예찬하는 그의 경향은 향락주의와 맞물려 과거 전시대의 모습을 강하게 띠고 있던, 화류계를 대상으로 한 일련의 작품을 창작하게 한다. 심미적인 태도에서든 생활 태도적인 측면에서든 그의 화류계 취미를 대변하는 『힘겨루기』 『아구세』 등 탐미적 풍속소설이 바로 이에 해당한다. 이후 나가이 가후가 쾌락을 추구한 대상은 예기藝妓에서 긴자의 카페 여급, 나아가 사창으로 옮겨가게 되는데, 이러한 관심의 추이를 가장 잘 보여주는 소설이 바로 이 책에 실린 「강 동쪽의 기담」이다.

시대에 따라 나가이 가후 작품의 테마와 경향은 변했지만 일관된 정신은 근대 문명에 대한 비판과 과거로의 회귀, 쾌락주의였고, 그는 이러한 정신을 은자적, 나아가 방관자적인 입장에서 담아냈다. 사회의 권역 밖에서 여행자의 눈으로 일본을 바라보는 그의 시선은 죽을 때까지 이어졌다.

사창가에서 발견한 고독한 시적 정신: 강 동쪽의 기담

1931년 만주사변이 일어나고 일본의 군국주의가 점차 강화되던 중 1936년 군사정권 수립을 요구하는 황도皇道파 청년 장교들의 군사 쿠데타인 2·26사건이 일어났다. 나가이 가후가 스미다 강 동쪽에 위치한 이 작품의 무대인 사창가 다마노이에 다니기 시작한 것은 2·26사건이 일어난 다음달인 3월부터였다. 몇 달간 다마노이를 탐문한 후 그해 9월에 「강 동쪽의 기담」 원고를 완성했고 중일전쟁이 발발한 해인 1937년 4월에서 6월에 걸쳐 〈도쿄 아사히 신문〉에 작품을 연재했다.

「강 동쪽의 기담」의 '작후췌언'에는 만주 들판의 풍운이라든가 시내 번화가에 군가가 울려퍼지는 모습, 시내 백화점에 병사 인형이 화려하게 진열되어 있는 모습, 청년 장교의 군사 반란을 알리는 신문 호외 등 이러한 1930년대의 시대적 격동이 잘 나타나 있다. 그러나 이러한 모습을 "괴상한 인상"이라고 포착하거나 "전봇대에 붙은 호외를 보고도 누구도 특별한 표정을 얼굴에 드러내지 않았"다고 서술하는 문명비평가 나가이 가후의 시선에서 이러한 시대적 격동을 체감하는 작가의 내적 풍경을 엿볼 수 있다.

나가이 가후가 도쿄의 중심지나 번화가에서 벗어나 있는 사창가 다마노이와 그곳의 오유키라는 여성을 통해 이러한 시대적 흐름에 침범받지 않은 유흥 공간을 묘사한 것이 바로 「강 동쪽의 기담」의 세계다. 다마노이는 이전 나가이 가후 소설에 주로 등장했던 신바시나 가구라자카와 같은 화류계, 아니면 에도 시대 이후 일본의 대표적인 공창가였던 요시와라에 비하면 비교가 되지 않을 정도로 수준이 낮은 곳이었다. 더러운 수채 도랑에서 악취가 나고 모기떼가 몰려드는 보잘것없는 변두리, 세상으로부터 버려진 삭막한 사창가를 작품의 무대로 설정한 데에서 겉모습만 화려하지 세상의 온갖 위선과 추악함을 가지고 있는 중심가에 대한 작가의 반감이 잘 드러난다. 나아가 아무도 돌아보지 않는 이런 수준 낮은 변두리 사창가에서 작가는 그가 소중히 생각하는 정서와 가치를 발견하고 있는 것이다.

그래서 비가 부슬부슬 내리는 밤이면 어둠이 깊어질수록, 이봐요, 저 좀 봐요 하는 소리조차 들리지 않고 집 안팎에서 무리 지어 우는 모깃소리만 유난히 또렷하게 들려와 자못 변두리 뒷골목다운 쓸쓸함이 느껴지기 시작한다. 그것도 요즘 같은 현대식 지저분한 뒷골목이 아니라 쓰루야 난보쿠의 교겐 등에서 느껴지는 지난 세상의 쓸쓸한 정취다.

언제나 시마다나 마루마게만 하는 오유키의 모습과 더러운 도랑, 모깃소리는 나의 감각을 강렬하게 자극하여 삼사십 년 전에 사라진 과거의 환영을 재현해낸다. 할 수만 있다면 이 허무하고도 이상한 환영을 소개해준 사람에게 감사의 말을 꼭 전하고 싶다. 오유키는 과거를 불러내는 힘에서는 쓰루야 난보쿠의 교겐을 연기하는 배우보다도, 가락에 맞춰 란초를 낭창하는 쓰루가 아무개보다도 한층 교묘한 무언의 예술가였다. (49쪽)

나가이 가후에게 '현대'는 도덕보다는 무한한 욕망을 가지고 있는 세계, '각자 자신이 타인보다 더 뛰어나다는 것을 다른 사람들에게도 인식시키고 또 자신도 그렇게 믿고 싶어하는' 세계다. 남보다 먼저 직장을 구하려 하고 남보다 먼저 부를 쌓으려 하며 이러한 노력이 바로 '현대인'의 일생이라는 점에서 봤을 때, 상대를 누르고 우월감을 느끼고 이를 위해 우월을 다투려는 공간이 바로 현시대인 셈이다. 그렇기에 그는 초기 작품부터 현대적인 모든 사물로부터 혐오감을 느끼고 시종일관 과거지향적 정서를 추구하고 있다. 그래서 위의 인용문을 통해 알 수 있듯이 이 다마노이라는 변두리 거리에서 에도의 교겐에서 볼 수 있는 과거의 정취를 발견하고 있으며 비록 허무하더라도 사라진 과거의 환영을 재현하고자 하는 것이다.

이런 의미에서 소설의 주인공 오에 다다스는 이곳의 오유키를 과거의 "허무하고도 이상한 환영을 소개해준 사람"이라고 생각하며 "권태에 지친 내 마음에 우연히 과거의 그리운 환영을 떠올려준 뮤즈"라고 말하고 있는 것이다. 나아가 도쿄의 긴자나 우에노 등 번화가의 여급에 비해 순수하고 마음씨 좋은 진실함을 느끼고 그녀를 통해 현대적 사회를 비평하고 아득한 과거 향기를 느끼고자 했다.

이러한 의미에서 「강 동쪽의 기담」은 나가이 가후의 화류계 취미를 보여주는 작품이기는 하지만 그의 작품 중 최고봉에 도달한 소설이라고 이야기되고, 변두리 사창가를 통해 그의 고독하고 적막한 시적 정신을 잘 보여주는 명작으로 평가받고 있다.

에도 취미 지향과 전통적 예인의 세계를 갈구하다: 스미다 강

「스미다 강」은 작가 나가이 가후가 오 년간 미국과 프랑스 체험을 마치고 귀국한 뒤 왕성한 창작 활동을 하던 1909년 『신소설』에 게재한 소설이다.

「스미다 강」은 아들 조키치가 학교 교육을 통해서 근대사회의 출세한 인간이 되기를 희망하는 어머니 오토요의 욕망과, 획일화된 기계체조가 상징하고 있는 근대적 욕망보다는 가부키 극장의 예인藝人을 동경하거나 아직 근대화가 이루어지지 않은 스미다 강이나 아사쿠사 공원에서 위안을 얻으려는 조키치 사이의 갈등구조가 잘 나타난 작품이다.

이런 의미에서 이 작품은 나가이 가후 문학의 가장 큰 특징인 '에도 정서 지향'이라는 취향이 초기 문학에도 짙게 드리워져 있음을 알 수 있게 한다. 초기 문학부터 나가이 가후는 "메이지 문명 전체가 허영심 위에 체재 좋게 건설된 것"(「귀조자의 일기」, 1909.10)이라는 자신의 일본 근대 문명 비판 의식이 전면에 나오면 나올수록 전통문화의 허구적인 미를 추구하고자 했다. 하루가 다르게 서양을 모방한 근대도시화가 진행되는 가운데 이러한 에도 정서가 가장 많이 남아 있는 곳이 바로 스미다 강의 풍경이며 아사쿠사를 비롯한 그 주변 시타마치의 경관이었던 셈이다. 나가이 가후는 '스미다 강'이라는 제목으로 오페라 가사 한 편을 포함해 세 편의 작품을 썼을 뿐만 아니라 그 외에도 많은 작품에서 이 스미다 강과 그 주변 지역을 무대로 삼았다.

그래서 이 작품은 어느 해 늦여름에서 시작하여 가을, 겨울, 봄을 지나 초여름에 이르기까지 아직 고풍스러운 모습을 지니고 있는 스미다 강과 그 주변 시타마치의 인정과 풍취를, 그런 것들이 사라져가는 세태에 대한 깊은 애상을 통해 묘사하고 있다. 에도 시대 전통 시가인 하이카이 시인 라게쓰 선생, 기요모토 선생 오토요, 그리고 어머니의 근대적 출세 희망에 압박감을 느끼면서 헤어진 여자친구 오이토와 재회할 방법으로 가부키 배우를 동경하는 조키치, 게이샤 수업을 받는 오이토…… 이 모두가 어쩌면 사라져가는 세태의 상징이기도 하며 이는 게이샤로 팔려나가는 오이토에 대한 조키치의 절실한 애정만큼이나 이 작품을 상징적인 애상의 세계로 인도한다.

더구나 라게쓰가 젊은 시절 상인이 되어 가업을 이어받기를 거부하고 에도 문예를 탐닉하며 예인의 길로 들어온 사실이나 조키치가 좋은 대학에 들어가 근대적으로 출세하기를 바라는 어머니의 희망을 거스르면서까지 가부키 배우가 되어 오이토와 재회하기를 꿈꾸는 모습을 통해 작가의 지향성을 알 수 있다. 유명한 한시 작가이자 미국 유학 경험을 가진 고급관료였던 나가이 가후의 아버지가 문예나 문학창작을 단지 남자의 여기에 불과한 것으로 판단하고 있었음에도 불구하고 아버지의 시선이나 가계의 압박을 넘어 실용적 직업 말고 글쓰기의 길에 들어선 가후의 모습이 중첩되기 때문이다.

이러한 유예의 세계가 스미다 강과 그 주변 지역과 밀접한 연관성을 가지며 이를 서정적 애상 속에서 "닌조본 작가가 권두화의 도안이라도 생각하듯" 묘사하고 있는 것이 이 작품의 시각적 이미지라 할 수 있다.

에도 통속작가의 위치로 내려와 근대 문명을 비평하다: 불꽃

제1차세계대전 전승기념제인 '도쿄 시 유럽전쟁강화 기념제' 축하 불꽃놀이 소리를 들으면서 시작되는 「불꽃」은 메이지유신 이후 근대 국민국가 체제가 만들어지고 제국주의의 길을 걸었던 일본의 주요한 역사적 좌표와 이를 기념하는 근대적 국민제전이 어떻게 만들어졌는지를 근대 문명 비판의 시각에서 날카롭게 비평한 작품이다.

「불꽃」의 화자는 일본도 참전하여 승전국의 반열에 오른 전승기념일을 맞아 도쿄 시민 모두 히비야나 우에노 공원으로 나간 후, 그러한 국민적 제전에서 홀로 방관자 혹은 이방인의 위치에 서서 그가 살고 있는 세상에 대해 술회하기 시작한다. 아니, 오히려 그는 한발 더 나아가 이러한 세상에 대한 거리감 때문에 밀려오는 "슬프고 쓸쓸한" 느낌을 가지고 근대국가 이후의 다양한 축제일을 회고한다. 1890년 대일본제국 헌법발포 축하제, 1891년 러시아 황태자 상해 사건, 1894년 청일전쟁과 다음해의 시모노세키조약, 1898년 수도 이전 30주년 기념축제, 1904년 러일전쟁, 1905년 러일전쟁 강화 반대 시위와 경찰의 폭력, 1911년 무수한 사회주의자를 사법살인한 대역 사건, 1913년 정변, 1915년 다이쇼 천황 즉위식 축제, 1918년 쌀값 폭등 소동 등…… 그야말로 이러한 사건들은 근대 일본의 역사적 좌표에 다름 아니다.

이러한 "축제와 소동"을 회고하는 화자의 시선은 "국기와 제등이 내걸리고, 신문 1면에 읽기 어려운 한문 투의 축사가 실리고" 초등학교 학생이나 심지어 게이샤들이 "행진"을 하며 "국가에 대해 만세"를 외치는 사건들을 모두 동일한 것으로 바라보고 있다. 특히, "새로운 메이지 시대가 서양을 모방하여 새롭게 만들어낸 현상"들에 대해 "여러 정치적 책략이 숨어 있"음을 간파하는 대목을 보면 문명비평가로서 나가이 가후의 예리한 관찰과 그러한 현대 문명에 거리를 두려는 작의가 잘 드러나 있다.

특히, 이 작품에는 앞에서 인용했듯이 나가이 가후가 왜 현실을 등지고 에도 시대 통속작가로 스스로 위치를 낮춰 에도 취미로 향했는지를 해명해주는 무척이나 유명한 문구가 나온다. 그는 동시대 문학가와 마찬가지로 1911년 대역 사건을 경험하고 "침묵해서는 안 되"는 "사상 문제"에 대해 아무것도 말하지 못한 사실에 "양심의 가책"을 느꼈다. 이는 곧 "문학가라는 사실에 스스로 심한 수치심"을 느끼게 만들었으며 따라서 그는 자신의 "예술의 품위를 에도 시대의 희작자들의 작품 수준으로 끌어내"려 현실에 방관자적 태도를 취하고자 했던 것이다.

나가이 가후는 이 대역 사건 이후 언제나 일본의 근대화에 대해 상대적인 입장을 취하며 늘 방관자, 또는 현대 문명의 이방인이 되어 현실에서 유리되어갔다. 그러나 문학예술의 표현을 통해 이러한 현실에 대해 날카롭게 비평하며 풍자를 계속한 탐미주의 문학가로 남아 있던 셈이다.

정병호

1879년 12월 3일 도쿄 고이시카와 구 가나토미에서 아버지 규이치로, 어머니 쓰네의 장남으로 출생. 본명은 나가이 소키치.

1883년 동생 데이지로 출생. 외할머니 미요에게 양육됨.

1884년 동경여자사범학교 부속유치원 입학.

1886년 고이시카와의 생가로 돌아와 구로다 소학교 초등과 입학.

1887년 동생 이사부로 출생.

1889년 구로다 소학교 심상과 4학년 졸업. 7월 도쿄부 심상사범학교 부속소학교 고등과 입학.

1890년 일가 모두 고지마치 구 나가타초의 관사로 이사. 9월 외조모 미요 사망. 11월 간다긴초의 도쿄영어학교에 다님.

1891년 일가가 가나토미초의 본가로 돌아감. 9월 고등사범학교 부속학교 심상중학과 2학년으로 편입학.

1893년 고지마치 구 이이다초로 이사.

1894년 고지마치 구 이치반초로 이사. 오카 후호에게 그림을 배움. 연말에 결핵성 경부임파선염으로 시타야 제국대학 제1병원에 입원.

1895년 오다와라 아시가라 병원과 즈시 나가이가 별장에서 요양하면서 에도 시대 패사稗史소설 탐독. 9월 4학년에 복학.

1896년 아라키 가도에게 통소, 이와타니 쇼센에게 한시를 배움.

1897년 유곽 요시와라에 다니기 시작. 아버지가 문부성을 퇴직하고 일본우선회사에 입사, 상해 지점장이 됨. 7월 제1고등학교 시험 불합격. 9월 아버지의 부임지 상해에 체류. 11월 말

귀국하여 고등상업학교 부속외국어학교 중국어과에 임시 입학.

1898년 히로쓰 류로의 문하생이 됨.

1899년 라쿠고 예술가 아사네보 무라쿠의 제자가 됨. 신문현상소설에 입상. 결석이 잦아 학교에서 제적당함.

1900년 아버지가 일본우선회사 요코하마 지점장이 됨. 6월 교겐 작가를 목표로 가부키좌 후쿠치 오우치의 문하에 들어가 작자 견습을 시작함. 초겨울 이와야 사자나미가 주재하는 목요회 회원이 됨.

1901년 후쿠치 오우치와 함께 가부키좌를 떠나 야마토 신문사에 입사해 『신 매화달력新梅ごよみ』을 연재했으나 9월 해고당함. 효성학교에서 프랑스어를 배움.

1902년 우시고메 구 오쿠보요초마치로 이사. 프랑스 졸라이즘의 영향을 받은 자연주의 작품 『야심野心』 『지옥의 꽃地獄の花』을 각각 4월과 9월에 출간. 10월 『신임지사新任知事』를 발표, 작중인물의 모델 문제로 숙부 사카모토 산노스케의 노여움을 삼.

1903년 1월 모리 오가이와 첫 대면. 5월 『꿈의 여인夢の女』 출간, 에밀 졸라의 『인간 짐승』을 번안한 『사랑과 칼날恋と刃』을 〈오사카 마이니치 신문〉에 연재. 9월 아버지의 권유로 미국으로 건너감. 10월 후루야 상점 터코마 지점장 집에 머무르며 고등학교를 다님.

1904년 11월부터 미시간 주 칼라마주 대학에 청강생으로 입학하여 영문학, 프랑스어를 청강.

1905년 6월 뉴욕으로 가 워싱턴 일본공사관 임시고용인이 됨. 미국 생활에서 그다지 문학적 시정을 얻을 수 없다고 느끼고 프랑스에 건너가 문학을 연구하기 위한 여비를 얻기 위해서

였으나 아버지가 프랑스 이주를 반대함. 9월 에다이스를 만나 정이 깊어짐. 10월 말 공사관에서 해고당하고 12월부터 아버지의 배려로 요코하마 정금은행 뉴욕 지점에서 근무.

1907년 6월 영국 태생 로잘린을 알게 됨. 7월 아버지의 주선으로 정금은행 리옹 지점으로 전근, 프랑스로 건너감. 11월 『아메리카 이야기あめりか物語』 초고를 이와야 사자나미에게 보냄.

1908년 3월 적성에 맞지 않았던 정금은행을 독단으로 퇴직하고 동경해온 파리로 감. 4월 우에다 빈을 만남. 5월 런던으로 갔다가 7월 귀국. 8월 『아메리카 이야기』 출간.

1909년 3월 『프랑스 이야기ふらんす物語』를 출간하지만 신고와 동시에 발매금지. 신바시의 게이샤 도미마쓰와 가까워짐. 9월 『환락歡楽』 발매금지. 초겨울 이치카와 사단지를 방문하여 친해짐. 12월부터 〈도쿄 아사히 신문〉에 『냉소冷笑』를 연재하고 「스미다 강すみだ川」을 비롯한 많은 작품을 발표하여 탐미주의 작가로 주목받음.

1910년 2월 모리 오가이와 우에다 빈의 추천을 받아 게이오기주쿠 대학 문학과 교수로 취임. 5월 『미타분가쿠三田文学』 창간. 6월부터 신바시의 게이샤 야에지와 교제 시작. 11월 판의 모임パンの会에 첫 출석. 12월 게이오기주쿠에 출근하던 중 대역 사건 피고를 호송하는 마차를 보고 충격을 받음.

1911년 사이온지 긴모치 주재 제6회 우성회에 초청받아 출석.

1912년 9월 사이토 요네와 결혼. 2월 『첩의 집妾宅』 발표, 11월 『신바시 야화新橋夜話』 출간. 12월 아버지가 뇌일혈로 쓰러졌으나 야에지의 집에 머물고 있어 상황을 알지 못함. 『미타분가쿠』의 편집과 내용을 둘러싸고 학교 당국의 간섭과 비난이 높아짐.

1913년 1월 아버지 사망. 이를 계기로 2월 요네와 이혼하고 야에지를 첩으로 받아들임. 4월 『산호집珊瑚集』 출간.

1914년 야에지 즉 가네코 야이와 결혼, 그로 인해 동생 이사부로를 비롯한 친척들과 사이가 멀어짐. 8월 『나막신日和下駄』을 『미타분가쿠』에 연재.

1915년 1월 『여름 모습夏姿』을 출간했으나 발매금지 처분. 2월 야이와 이혼. 5월 『가후 걸작집荷風傑作鈔』을 출간.

1916년 1월 아사쿠사 하타고초로 거주지를 옮김. 2월 게이오기주쿠 교수, 『미타분가쿠』 편집인을 사직. 4월 모미야마 시게쓰, 이노우에 아아와 함께 잡지 『분메文明』 창간. 5월 본가에 돌아와 현관 6첩 다다미 방을 단장정이라 칭하고 기거.

1917년 9월부터 『단장정 일기斷腸亭日乗』를 집필. 12월 신바시의 예기를 소재로 한 대표적 화류소설 『힘겨루기腕くらべ』를 사가판으로 출간.

1918년 5월 이노우에 아아, 구메 슈지와 더불어 잡지 『가게쓰花月』 창간. 11월 요초마치 저택을 매각, 12월 쓰키지로 이사. 슌요도春陽堂에서 『가후 전집』(전6권) 출간.

1919년 12월 「불꽃花火」을 『가이조改造』에 발표.

1920년 3월 『에도예술론江戶芸術論』, 4월 풍속소설 『아구세おかめ笹』 출간. 5월 이치베초로 이사, 부엌을 개조한 목조양식 집을 편기관이라 칭함.

1923년 모리 오가이의 사전史傳에서 영향을 받아 유학자 문인의 전기 연구에 경도됨.

1927년 「가후 수필—무코지마 제국극장의 오페라」를 비롯, 연이어 『주오코론中央公論』에 수필을 발표. 9월 삼반초 게이샤 세키네 우타를 기적에서 빼냄. 12월 동생 데이지로 사망.

1931년 세키네 우타와 헤어짐. 10월 「장마 전후つゆのあとさき」 발표.

1934년 8월 「그늘의 꽃ひかげの花」 발표.

1935년 4월 『겨울 파리冬の蠅』 출간.

1937년 4월 『강 동쪽의 기담濹東綺譚』 출간. 9월 어머니 쓰네가 사망했으나 의절한 동생 이자부로를 만나는 것을 피하려 장례식에 참석하지 않음.

1938년 5월, 가극 각본 『가쓰시카 정담葛飾情話』을 발표하고 이를 아사쿠사 오페라관에서 상연. 7월에 『모습おもかげ』 출간.

1941년 태평양전쟁 개전의 날에 「부침浮沈」 기고.

1944년 사촌의 둘째 아들을 양자로 입적.

1945년 3월 10일 도쿄대공습에 의해 편기관 소실. 연이은 공습으로 여기저기 피란해 전전하다가 6월 도쿄를 탈출하여 아카시를 거쳐 오카야마로 감. 8월 다니자키 준이치로의 피란처를 방문. 오카야마에서 패전을 맞이하고 귀경. 9월부터 사촌 일가가 피란해 있던 아타미에서 동거.

1946년 1월 이치카와 시 스가노로 사촌 일가와 이동. 「무희踊子」 「부침」 「이재일기罹災日錄」 「내방자来訪者」 등 전시중에 기록, 창작해둔 작품을 일거에 발표.

1947년 1월 스가노의 고니시 시게야 집으로 이주. 12월 동생 이사부로와 화해.

1948년 3월 주오코론샤中央公論社에서 『가후 전집』(전24권) 출간. 12월 스가노에 집을 구입하여 이주. 아사쿠사의 극장 악실에 출입, 여배우 및 무희와의 관계가 보도됨.

1952년 문화훈장 수훈.

1954년 일본예술원 회원이 됨.

1957년 3월 전년 말에 구입한 이치카와 시 야와타 집으로 이주.

1959년 4월 30일 아침 자택에서 사망해 있는 것을 가정부가 발견. 조시가야의 나가이가 묘지에 묻힘. 사후 이와나미쇼텐岩波書店에서 『가후 전집』(전29권) 간행.

문학동네 세계문학전집 발간에 부쳐

세계문학은 국민문학 혹은 지역문학을 떠나 존재하는 문학이 아니지만 그것들의 총합도 아니다. 세계문학이라는 용어에는 그 나름의 언어와 전통을 갖고 있는 국민문학이나 지역문학의 존재를 인정하면서 그것을 넘어서는 문학의 보편적 질서에 대한 관념이 새겨져 있다. 그 용어를 처음 고안한 19세기 유럽인들은 유럽문학을 중심으로 그 질서를 구축했지만 풍부한 국민문학의 전통을 가지고 있는 현대의 문학 강국들은 나름의 방식으로 세계문학을 이해하면서 정전(正典)의 목록을 작성하고 또 수정한다.

한국에서도 세계문학 관념은 우리 사회와 문화의 변화 속에서 거듭 수정돼왔다. 어느 시기에는 제국 일본의 교양주의를 반영한 세계문학 관념이, 어느 시기에는 제3세계 민족주의에 동조한 세계문학 관념이 출현했고, 그러한 관념을 실천한 전집물이 출판됐다. 21세기 한국에 새로운 세계문학전집이 필요하다는 것은 명백하다. 우리의 지성과 감성의 기준에 부합하는 세계문학을 다시 구상할 때가 되었다.

문학동네 세계문학전집은 범세계적으로 통용되는 고전에 대한 상식을 존중하면서도 지난 반세기 동안 해외 주요 언어권에서 창작과 연구의 진전에 따라 일어난 정전의 변동을 고려하여 편성되었다. 그래서 불멸의 명작은 물론 동시대 세계의 중요한 정치·문화적 실천에 영감을 준 새로운 작품들을 두루 포함시켰다.

창립 이후 지금까지 한국문학 및 번역문학 출판에서 가장 전문적이고 생산적인 그룹을 대표해온 문학동네가 그간 축적한 문학 출판 경험을 바탕으로 새로운 세계문학전집을 펴낸다. 인류가 무지와 몽매의 어둠 속을 방황하면서도 끝내 길을 잃지 않은 것은 세계문학사의 하늘에 떠 있는 빛나는 별들이 길잡이가 되어주었기 때문이다. 우리가 자부심과 사명감 속에서 그리게 될 이 새로운 별자리가 독자들의 관심과 애정에 힘입어 우리 모두의 뿌듯한 자산이 되기를 소망한다.

문학동네 세계문학전집 편집위원

민은경, 박유하, 변현태, 송병선, 이재룡, 홍길표, 남진우, 황종연

지은이 **나가이 가후**

1879년 12월 3일 도쿄에서 태어났다. 본명은 나가이 소키치. 프랑스 자연주의 문학에 매료되어 『야심』 『지옥의 꽃』 등을 썼고, 에밀 졸라의 『인간 짐승』을 번안하기도 했다. 『아메리카 이야기』 『프랑스 이야기』 『환락』 등 여러 작품을 출간했으나 풍속을 해친다는 이유로 연이어 발매금지를 당했다. 이후 『후카가와의 노래』 「스미다 강」 등을 발표하면서 작가로서 위치를 굳혔다. 1910년 대역 사건을 보며 문학가로서 무력감과 양심의 가책을 느낀 후 에도의 풍속을 주로 다루는 소설과 수필 창작에 전념했다. 1952년 문화훈장을 받았으며 1954년에는 일본예술원 회원으로 선정되었다. 1959년 병으로 사망했다.

옮긴이 **정병호**

고려대 일문과를 졸업하고 동 대학원에서 석사학위를, 일본 쓰쿠바 대학 문예언어연구과에서 박사학위를 받았다. 현재 고려대학교 일문과 교수로 재직중이다. 옮긴 책으로 『소설신수』 『〈식민지〉 일본어 문학론』(공역), 후루이 요시키치의 소설 『요오꼬·아내와의 칩거』 등이 있다.

세계문학전집 124

강 동쪽의 기담

양장본 초판 인쇄 2014년 12월 10일
양장본 초판 발행 2014년 12월 20일

지은이 나가이 가후 | 옮긴이 정병호 | 펴낸이 강병선

책임편집 박신양 | 편집 최은영 오동규 | 독자모니터 이지수 이희연
디자인 김이정 최미영 | 저작권 한문숙 박혜연 김지영
마케팅 정민호 이미진 김은지 양서연 | 온라인 마케팅 김희숙 김상만 한수진 이천희
제작 강신은 김동욱 임현식 | 제작처 영신사

펴낸곳 (주)문학동네
출판등록 1993년 10월 22일 제406-2003-000045호
주소 413-120 경기도 파주시 회동길 210
전자우편 editor@munhak.com | 대표전화 031) 955-8888 | 팩스 031) 955-8855
문의전화 031) 955-1927(마케팅), 031) 955-1916(편집)
문학동네카페 http://cafe.naver.com/mhdn
문학동네트위터 http://twitter.com/munhakdongne

ISBN 978-89-546-3407-6 04830
978-89-546-1020-9 (세트)

www.munhak.com

문학동네 세계문학전집

1, 2, 3 안나 카레니나 레프 톨스토이 | 박형규 옮김
4 판탈레온과 특별봉사대 마리오 바르가스 요사 | 송병선 옮김
5 황금 물고기 르 클레지오 | 최수철 옮김
6 템페스트 윌리엄 셰익스피어 | 이경식 옮김
7 위대한 개츠비 F. 스콧 피츠제럴드 | 김영하 옮김
8 아름다운 애너벨 리 싸늘하게 죽다 오에 겐자부로 | 박유하 옮김
9, 10 파우스트 요한 볼프강 폰 괴테 | 이인웅 옮김
11 가면의 고백 미시마 유키오 | 양윤옥 옮김
12 킴 러디어드 키플링 | 하창수 옮김
13 나귀 가죽 오노레 드 발자크 | 이철의 옮김
14 피아노 치는 여자 엘프리데 옐리네크 | 이병애 옮김
15 1984 조지 오웰 | 김기혁 옮김
16 벤야멘타 하인학교 – 야콥 폰 군텐 이야기 로베르트 발저 | 홍길표 옮김
17, 18 적과 흑 스탕달 | 이규식 옮김
19, 20 휴먼 스테인 필립 로스 | 박범수 옮김
21 체스 이야기 · 낯선 여인의 편지 슈테판 츠바이크 | 김연수 옮김
22 왼손잡이 니콜라이 레스코프 | 이상훈 옮김
23 소송 프란츠 카프카 | 권혁준 옮김
24 마크롤 가비에로의 모험 알바로 무티스 | 송병선 옮김
25 파계 시마자키 도손 | 노영희 옮김
26 내 생명 앗아가주오 앙헬레스 마스트레타 | 강성식 옮김
27 여명 시도니가브리엘 콜레트 | 송기정 옮김
28 한때 흑인이었던 남자의 자서전 제임스 웰든 존슨 | 천승걸 옮김
29 슬픈 짐승 모니카 마론 | 김미선 옮김
30 피로 물든 방 앤절라 카터 | 이귀우 옮김
31 숨그네 헤르타 뮐러 | 박경희 옮김
32 우리 시대의 영웅 미하일 레르몬토프 | 김연경 옮김
33, 34 실낙원 존 밀턴 | 조신권 옮김
35 복낙원 존 밀턴 | 조신권 옮김
36 포로기 오오카 쇼헤이 | 허호 옮김
37 동물농장 · 파리와 런던의 따라지 인생 조지 오웰 | 김기혁 옮김

38 루이 랑베르 오노레 드 발자크 | 송기정 옮김
39 코틀로반 안드레이 플라토노프 | 김철균 옮김
40 어두운 상점들의 거리 파트릭 모디아노 | 김화영 옮김
41 순교자 김은국 | 도정일 옮김
42 젊은 베르테르의 슬픔 요한 볼프강 폰 괴테 | 안장혁 옮김
43 더블린 사람들 제임스 조이스 | 진선주 옮김
44 설득 제인 오스틴 | 원영선, 전신화 옮김
45 인공호흡 리카르도 피글리아 | 엄지영 옮김
46 정글북 러디어드 키플링 | 손향숙 옮김
47 외로운 남자 외젠 이오네스코 | 이재룡 옮김
48 에피 브리스트 테오도어 폰타네 | 한미희 옮김
49 둔황 이노우에 야스시 | 임용택 옮김
50 미크로메가스 · 캉디드 혹은 낙관주의 볼테르 | 이병애 옮김
51, 52 염소의 축제 마리오 바르가스 요사 | 송병선 옮김
53 고야산 스님 · 초롱불 노래 이즈미 교카 | 임태균 옮김
54 다니엘서 E. L. 닥터로 | 정상준 옮김
55 이날을 위한 우산 빌헬름 게나치노 | 박교진 옮김
56 톰 소여의 모험 마크 트웨인 | 강미경 옮김
57 카사노바의 귀향 · 꿈의 노벨레 아르투어 슈니츨러 | 모명숙 옮김
58 바보들을 위한 학교 사샤 소콜로프 | 권정임 옮김
59 어느 어릿광대의 견해 하인리히 뵐 | 신동도 옮김
60 웃는 늑대 쓰시마 유코 | 김훈아 옮김
61 팔코너 존 치버 | 박영원 옮김
62 한눈팔기 나쓰메 소세키 | 조영석 옮김
63, 64 톰 아저씨의 오두막 해리엇 비처 스토 | 이종인 옮김
65 아버지와 아들 이반 투르게네프 | 이항재 옮김
66 베니스의 상인 윌리엄 셰익스피어 | 이경식 옮김
67 해부학자 페데리코 안다아시 | 조구호 옮김
68 긴 이별을 위한 짧은 편지 페터 한트케 | 안장혁 옮김
69 호텔 뒤락 애니타 브루크너 | 김정 옮김
70 잔해 쥘리앵 그린 | 김종우 옮김

71 절망 블라디미르 나보코프 | 최종술 옮김

72 더버빌가의 테스 토머스 하디 | 유명숙 옮김

73 감상소설 미하일 조셴코 | 백용식 옮김

74 빙하와 어둠의 공포 크리스토프 란스마이어 | 진일상 옮김

75 쓰가루 · 석별 · 옛날이야기 다자이 오사무 | 서재곤 옮김

76 이인 알베르 카뮈 | 이기언 옮김

77 달려라, 토끼 존 업다이크 | 정영목 옮김

78 몰락하는 자 토마스 베른하르트 | 박인원 옮김

79, 80 한밤의 아이들 살만 루슈디 | 김진준 옮김

81 죽은 군대의 장군 이스마일 카다레 | 이창실 옮김

82 페레이라가 주장하다 안토니오 타부키 | 이승수 옮김

83, 84 목로주점 에밀 졸라 | 박명숙 옮김

85 아베 일족 모리 오가이 | 권태민 옮김

86 폭풍의 언덕 에밀리 브론테 | 김정아 옮김

87, 88 늦여름 아달베르트 슈티프터 | 박종대 옮김

89 클레브 공작부인 라파예트 부인 | 류재화 옮김

90 P세대 빅토르 펠레빈 | 박혜경 옮김

91 노인과 바다 어니스트 헤밍웨이 | 이인규 옮김

92 물방울 메도루마 슌 | 유은경 옮김

93 도깨비불 피에르 드리외라로셸 | 이재룡 옮김

94 프랑켄슈타인 메리 셸리 | 김선형 옮김

95 래그타임 E. L. 닥터로 | 최용준 옮김

96 캔터빌의 유령 오스카 와일드 | 김미나 옮김

97 만(卍) · 시게모토 소장의 어머니 다니자키 준이치로 | 김춘미, 이호철 옮김

98 맨해튼 트랜스퍼 존 더스패서스 | 박경희 옮김

99 단순한 열정 아니 에르노 | 최정수 옮김

100 열세 걸음 모옌 | 임홍빈 옮김

101 데미안 헤르만 헤세 | 안인희 옮김

102 수레바퀴 아래서 헤르만 헤세 | 한미희 옮김

103 소리와 분노 윌리엄 포크너 | 공진호 옮김

104 곰 윌리엄 포크너 | 민은영 옮김

105 롤리타 블라디미르 나보코프 | 김진준 옮김

106, 107 부활 레프 톨스토이 | 백승무 옮김

108, 109 모래그릇 마쓰모토 세이초 | 이병진 옮김

110 은둔자 막심 고리키 | 이강은 옮김

111 불타버린 지도 아베 고보 | 이영미 옮김

112 말라볼리아가의 사람들 조반니 베르가 | 김운찬 옮김

113 디어 라이프 앨리스 먼로 | 정연희 옮김

114 돈 카를로스 프리드리히 실러 | 안인희 옮김

115 인간 짐승 에밀 졸라 | 이철의 옮김

116 빌러비드 토니 모리슨 | 최인자 옮김

117, 118 미국의 목가 필립 로스 | 정영목 옮김

119 대성당 레이먼드 카버 | 김연수 옮김

120 나나 에밀 졸라 | 김치수 옮김

121, 122 제르미날 에밀 졸라 | 박명숙 옮김

123 현기증. 감정들 W. G. 제발트 | 배수아 옮김

124 강 동쪽의 기담 나가이 가후 | 정병호 옮김

125 붉은 밤의 도시들 윌리엄 버로스 | 박인찬 옮김

● 문학동네 세계문학전집은 계속 출간됩니다